어느 날, 나에게
공황장애가 찾아왔습니다

# 어느 날, 나에게
# 공황장애가 찾아왔습니다

**초판 1쇄 인쇄** 2021년 7월 30일
**1쇄 발행** 2021년 8월 10일

**지은이 허경심**
**펴낸이 우세웅**
**책임편집 김은지**
**기획편집 박관수 한희진 이양이**
**콘텐츠기획·홍보 서해선 황수빈**
**북디자인 이선영**

**종이 엔페이퍼**
**인쇄 ㈜다온피앤피**

**펴낸곳 슬로디미디어그룹**
**신고번호 제25100-2017-000035호**
**신고년월일 2017년 6월 13일**
**주소 서울특별시 마포구 월드컵북로 400, 상암동 서울산업진흥원(문화콘텐츠센터) 5층 20호**
**전화 02)493-7780**
**팩스 0303)3442-7780**
**전자우편 slody925@gmail.com(원고투고·사업제휴)**
**홈페이지 slodymedia.modoo.at**
**블로그 slodymedia.xyz**
**페이스북·인스타그램 slodymedia**

ISBN 979-11-6785-024-9 (03810)

# 어느 날, 나에게 공황장애가 찾아왔습니다

공황장애를 극복한 엄마가
내면 아이를 통해 행복해지는 법

**허경심** 지음

설렘

이 책은 일반적인 치유 에세이가 아니다. 아이와 함께 울고 웃었던 한 여자의 삶이 고스란히 녹아 있는 책이다. 아이를 있는 그대로 바라보고, 더 나아가 오늘도 혼자 외로이 울고 있을 '내면 아이'를 만날 수 있는 기적 같은 책을 만나 보시길 바란다.

_《부모力》, 《유대인의 비밀》 저자 저자 **김태윤**

엄마의 회복은 아이들의 회복으로 이어집니다. 허경심 작가의 치유와 회복이 부모와 아이들을 함께 회복시킬 수 있을 거라 믿습니다.

_비전이룸 아카데미 원장 **황금주**

공황장애를 겪은 분의 진솔한 기록입니다. 직접적인 체험이 녹아있는 절실한 목소리입니다. 자녀 양육 또는 불안한 마음의 고통으로 힘들어하시는 분들에게 꼭 일독을 권해드립니다.

_정신건강의학과 엠의원 원장 **이성동**

자신의 아픔을 통해 내면에 깊이 감춰졌던 문제점을 치료하는 모습과 내 아이로 하여금 자신의 감정을 읽고 표현할 수 있도록 이끌어 내는 엄마로의 모습이 가슴 뭉클하게 펼쳐지는 이야기. 지금 내 아이를 키우면서 힘들어 하는 엄마들에게 많은 위로와 힘이 될 것입니다.

_전 부산학장중학교장 **서봉금**

이 책은 저자가 아픔의 시간을 지나며 자신의 상처를 직면하고 회복해가는 모습을 진솔하게 표현함으로 깊은 감동과 도전을 준다. 이 글을 읽는 많은 이들에게 회복의 걸음을 뗄 수 있는 용기를 주는 책이 되리라 믿는다.

_미술 치료사 **이현임**

원고를 받고 단숨에 읽었습니다. 귀한 용기와 진정성 있는 글에 위로와 평안이 밀려왔습니다. 이 책을 읽는 누군가에게도 그랬으면 좋겠습니다.

_사회공헌기획가 홀로하 대표 **임민택**

# 나를 사랑하는 엄마가
# 아이를 온전히 사랑할 수 있다

누구에게나 첫 기억이 있다. 당연히 유년기 혹은 아동기 시절 기억의 한 조각일 것이다. 개인심리학을 정립한 알프레드 아들러는 이 첫 기억을 유의미한 무의식으로 보았으며, 우리가 찾아낸 그 기억이 진짜로 첫 기억인지 아닌지는 중요하지 않다고 했다. 중요한 건 그 기억이 개인의 특성을 강력하게 반영한다는 점이다. 쉽게 말해, 첫 기억은 한 인간의 생을 좌우한다. 그렇다면 나의 첫 기억은 무엇일까? 불현듯 한 장면이 떠올랐다.

나는 자다 깨서 눈을 뜬다. 엄마의 등에 업혀 있다. 주위가 아주 캄캄하다. 사람들의 발소리가 들리고, 언니와 오빠의 목소리도 들린다. 포대기 위에 덮인 엄마의 옷을 살짝 걷어 내 밖을 내다본다. 왼쪽으로 커다란 버드나무의 가지들이 바람에 흔들린다. 그 모습이 마치 괴물처럼 느껴진다. 나에게, 우리 가족에게 덤벼들 것만 같다. 두렵다. 다행히 저 멀리 오두막 같은 우리 집이 보이고 작은 창에 비친 불빛이 점점 가까워진다. 아들러의 말처럼, 이 기억이 나를 평생 지배할 것만 같다. 첫 기억의 감정은 두려움이었다. 이 두려움을 이겨 내는데 40년이 걸렸다. 작고 아늑한 집에 도착하기까지 너무나 오랜 세월이 걸렸다.

나는 나를 싫어했다. 나의 이름, 외모, 행동 심지어 생각까지 어느 하나 마음에 들지 않았다. 부모님 몰래 자해를 하고, 자살을 꿈꾸기도 했다. 나는 쓸모없는 사람이라는 생각이 언제나 나를 따라다녔다.

이런 내가 아이를 낳았다(아이의 이름은 미성년인 것을 감안해 가명으로 썼음을 밝힌다). 작고 여린 아이는 밤마다 울어댔고, 연약한 나는 어쩔 줄을 몰랐다. 그럼에도 불구하고 아이는 잘 자랐다. 문득 이런 생각이 들었다. '아, 내가 이렇게 작고 소중한 아이를 낳았구나. 나는 어쩌면 쓸모 있는 사람일지 몰라.' 출산과 동시에 쓸모 있는 사람으로 살고 싶어졌다. 아이를 잘 키워 내고 싶었다. 내 아이만큼은 나처럼 괴로움 속에서 살지 않기를, 누구보다 행복한 아이로 자라길 바랐다. 그러나 잘하려고 하면 할수록 아이는 나를 닮아 갔다. 어느 날 아이가 말했다. "엄마, 나는 쓸모없는 사람인가 봐."

다정한 엄마가 되려고 하고, 아이를 위해서라면 무엇이든 하려 한 나의 부단한 노력은 왜 효력을 발휘하지 못한 걸까? 시련을 겪 고 이유를 찾았다. 그것은 내가 나를 사랑하지 않는 사람이기 때 문이었다. 너무나도 진부하고 뻔한 이유. 나는 나를 사랑하지 않았 기에 아이를 제대로 사랑할 수 없었다.

이 책은 내가 나를 사랑하게 되는 과정을 담은 책이다. 그 과 정은 나와 내 가족에게 결코 쉽지 않았다. 마치 나의 첫 기억 속 의 어둡고 무서운 버드나무 길을 걷는 느낌이었다. 많은 책이 공통 으로 '나를 소중히 여기는 사람이 타인도 소중히 여길 줄 안다. 나 를 사랑하는 사람이 타인도 사랑할 수 있다'라고 말한다. 이 진부 한 말을 머리로 아는 것과 온몸으로 깨닫는 일은 너무도 큰 차이 가 있다. 아는 것과 깨닫는 건 다르다. 나를 사랑하고 아이를 온전 히 사랑할 수 있게 되었을 때, 아이가 말했다. "엄마, 나 왜 이렇게 행복하지?"

나의 첫 기억을 아들러 식으로 해석해 여러분에게 말한다면,

8

나처럼 어두운 곳에서 떨고 있는 사람들에게, 작지만 분명히 빛을 내는 그 집으로 함께 걸어가자고 말하는 것과 같다. 더는 엄마의 등에 의지하지 말고, 내 발로, 내 힘으로 걸어서 들어가자고 말이다. 한 걸음 한 걸음 걸어 나가시길 바란다. 그 끝에는 반드시 밝은 빛이 있는 집이 기다리고 있을 것이다. 나를 사랑하지 않지만, 아이만큼은 목숨 걸고 사랑한다고 말하던 내 지난날이 안쓰럽다. 이 책이 자신을 사랑하지 않아 힘든 엄마들에게 '나를 사랑하는 엄마가 엄마를 온전히 사랑할 수 있다'는 명제를 온몸으로 깨닫는 과정이 되었으면 한다. 엄마도 아이도 행복했으면 한다.

허경심

차
례

추천사 · 4

프롤로그 · 6

## PART 1
# 인생은
# 출산 전후로 나뉜다

엄마가 되다 · 17

나의 모성을 의심하다 · 21

산후 우울증을 겪다 · 25

아이는 책대로 크지 않는다 · 30

화내지 않는 엄마가 되려 할수록 화내는 엄마가 되었다 · 33

부부싸움을 하고 시댁으로 도망간 날 · 37

누군가가 나를 온전히 사랑한다는 것 · 42

엄마, 사랑해요 · 46

낮에 버럭하고 밤에 반성하기 · 50

# PART 2

# 피해자 엄마에서
# 가해자 엄마로

시댁에 들어가 살게 되었다 · 57

1학년, 첫 학부모 상담 · 61

따돌림당하는 줄도 모르고 · 66

충격적인 가족 심리 검사 결과 · 70

피해자 엄마에서 가해자 엄마로 · 74

신경 정신과에 가기로 했다 · 79

욱하는 엄마와 못 참는 아이 · 84

나는 왜 부모와 똑같은 실수를 할까? · 93

자책에서 벗어나 아이에게 초점을 맞춰라 · 98

# PART 3

# 공황장애는 연예인만
# 걸리는 병이 아니다

어느 날, 공황이 내 가슴속으로 들어왔다 · 105

축하합니다, 당신은 공황장애입니다 · 110

송두리째 날아간 일상 · 115

좋은 일에도 기쁘지가 않다 · 120

직장 상사에게 상처받은 이유 · 124

나를 지킬 수 있는 사람이 아이를 지킬 수 있다 · 128

절망을 다른 시선으로 보기 · 133

아물지 않은 아이의 상처 · 137

공황장애가 나에게 준 선물 · 141

PART
4

# 내면 아이를
# 만나다

내면 아이와의 첫 만남 · 149

그들의 등 뒤에서는 좋은 향기가 난다 · 160

내면 아이 치유를 위한 '미러 워크' · 166

즐거운 장면에서도 눈물이 난 이유 · 175

아이의 따돌림 사건에 속수무책으로 무너진 이유 · 180

남편이 사과해도 마음이 풀리지 않는 이유 · 185

엄마를 원망하지 않게 되었다 · 190

내면 아이를 만나고 치유하는 법 · 197

아이에게 초 감정과 내면 아이를 알려 주었더니 · 202

**PART 5**

# 깨닫는 삶, 감사한 삶, 행복한 삶

나는 한 달에 한 번 괴물이 된다 · 209

부부 사이에도 적정한 거리가 필요하다 · 214

나는 가장 든든한 내 편 · 219

나름대로가 아닌 너름대로 · 224

사소한 일이 우리를 위로한다 · 226

상상력을 키우자 · 229

누구의 삶도 완벽하지 않다 · 232

나의 영원한 스승, 최복현 선생님 · 235

'메멘토 모리'를 온몸으로 겪은 날 · 240

좋은 엄마는 자신을 사랑하는 엄마 · 245

부록 · 249

# PART 1

# 인생은
# 출산 전후로
# 나뉜다

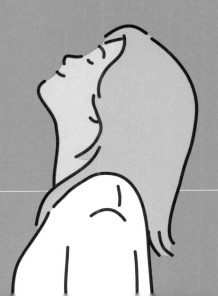

# 엄마가
# 되다

사람은 자기가 할 수 있다고 믿는 것보다
훨씬 많은 것을 할 수 있는 존재다.

_ 조셉 케셀(Joseph Kessel)

　출산을 앞두고 도서관에서 우연히 미셸 오당의 《세상에서 가장 편안하고 아름다운 출산》을 발견했다. 그리고 의학적 개입을 최대한 배제하고 아이 스스로 선택한 때에 가장 편안한 방법으로 나오게 하는 이 자연주의 출산 이야기에 나는 푹 빠지고 말았다. 수중 분만이 우리에게 가장 친숙한 자연출산 방법일 것이다. 우리나라에서는 2000년 SBS〈생명의 기적〉에서 뮤지컬 배우 최정원 씨가 수중분만 장면을 보여주면서 크게 알려졌으며 지금도 많은 사람이 선택하는 출산 방식이다.

　사실 양다리를 분만대에 올리고 똑바로 누워서 출산하는 자세는 17세기에 남성이 조산사 역할을 하면서 시작되었다. 그러나 이는 의사가 겸자(아이의 머리를 끄집어내기 위해 사용하는 특수한 집게)를 쉽게 사용하기 위한 자세일 뿐, 출생 물리학적으로 아기와 산모에게는 그리 좋은 자세가 아니다. 좋은 자세는 사람마다 다르며, 산모는 본능적으로 그 자세를 찾아간다. 실제로 나는 옆으로 웅크렸을 때 힘주기가 가장 수월했다. 물론, 의사는 자꾸 똑바로 누우라고 했지만 말이다.

너무 밝은 조명과 요란한 소음도 아기에는 좋지 않다. 캄캄한 엄마의 배 속에 있다가 강한 써치라이트를 마주한다면 얼마나 눈부실까. 미셸 오당의 책을 읽고 나는 '꼭 자연분만을 해야지. 인위적인 무통 주사는 맞지 않고 의료진에게 불빛을 부드럽게 해달라고 해야지.'라고 생각했다. 그러나 생각과는 달리 양수가 너무 적어 예상보다 일찍 유도 분만으로 아이를 낳았다.

처음 분만 촉진제를 맞았을 때는 참을 만했다. 그러나 얼마 뒤 간호사가 약의 강도를 높이자 엄청난 고통이 몰려왔다. 심호흡하며 견디려 했지만, 도저히 견딜 수가 없었다. 세상에나. 이런 고통이라니! 언젠가 지인이 출산 진통은 생리통의 천 배라고 했던 말이 떠올랐다. 아니다. 인간이 견딜 수 있는 한계를 넘은 고통이었다. 반나절이 지났을까. 의사는 반 죽어가는 나를 보더니, 오늘은 도저히 분만이 힘들 것 같다며 내일 다시 시도하자고 했다. 이게 무슨 말인가! 겨우겨우 견뎌온 고통의 과정을 내일 다시 시작해야 한다니! 나는 텅 빈 병실에서 혼자 밤을 새웠고, 진통은 간헐적으로 계속되었다. 칼에 몸통이 두 동강 나는 고통이 느껴지자 나는 간호사를 불러 말했다. "저, 그냥 수술해 주세요!" 자연주의 출산이고 뭐고 그냥 수술해야겠다는 생각이 간절했다. 그러나 간호사는 자연분만을 권했고(당시에는 절망했다), 의사도 내게 큰 힘이 되어 주셨다. 그 간호사와 의사가 아니었다면 수술하고도 남았을 것이다.

그렇게 두 번째 유도 분만을 시작하고 아홉 시간 만에 아이를 만났다. 그리고 진통은 아이가 나오자마자 거짓말처럼 사라졌다. 그런데 이상했다. 텔레비전에서 보면 산모가 아이를 보고 감격의 눈물을 흘리던데, 나는 눈물은커녕 출산 과정에 대한 충격만 있을 뿐이었다. 엄청난 고통과 분만대에 양다리를 올리고 있는 내 모습을 의료진이 지켜보는 장면만 맴돌았다.

출산 후 아이가 각종 검사를 받으러 간 사이 잠시 병실에서 잠을 청했다. 그러나 잠이 오지 않았다. 몸은 천근만근인데 눈을 감으면 출산 현장이 트라우마처럼 생생히 떠올랐다. 눈을 감았다 떴다 반복하다 겨우 잠이 들 무렵, 간호사가 아이를 데려와 침대에 눕혔다. 고개를 돌리니 작은 아기 침대가 보였다. 순간 망설였다. 아이를 볼까 말까. 사실 나는 아이를 보기보다 잠을 더 자고 싶었다. 그러나 '엄마가 되어서 이렇게 아이를 볼 생각이 안 들어도 될까? 어떻게 엄마가 그럴 수가 있을까? 엄마라면 이러면 안 되는 거잖아.' 싶은 찰나의 죄책감에 몸을 일으켰다. 그리고 침대에 누워있는 아이를 품속에 안아 들었다. 그렇게 나는 엄마가 되었다.

# 나의 모성을
# 의심하다

삶은 말로 쓰는 게 아니다. 삶은 행동으로 쓰는 것이다.
네가 무얼 생각하는지는 중요하지 않다. 오직 네가 무엇을 하느냐가 중요하다.

_ 패트릭 네스*(Patrick Ness)*, 《몬스터 콜스》 중에서

산후조리원에 들어온 지 얼마 안 되어 아이가 심한 황달로 신생아 중환자실에 입원했다. 아이 피부가 노랗다며 황달을 의심한 시부모님이 말씀에 유난을 떠신다고 생각했던 내가 한심했다.

담당 의사가 서명하라며 내준 서류에는 온갖 무서운 말이 무성했다. 모유 한 번 제대로 못 주었는데 일주일이나 떨어져 있어야 한다니 가슴이 무너졌다. 아이를 입원시키고 산후조리원으로 돌아오며 많이 울었다. 그러나 어이없게도 조리원 생활은 편안했다. 때맞춰 수유하지 않아도 되고, 자고 싶은 만큼 자면 되니까. 아이가 입원했는데 엄마라는 사람이 편안함을 느끼다니. 내가 위선적이고 끔찍하게 느껴졌다. '엄마가 이런 기분을 느껴도 되는 걸까? 나는 엄마 자격이 없을까? 나는 모성이란 게 없는 걸까?'

식당에서 산모들과 아침을 먹는데, 한 엄마가 말했다. "저는 너무 힘들어서 애 꼴도 보기 싫더라고요. 지금도 보기 싫어요." 다들 대꾸가 없었다. 어떻게 엄마가 저런 말을 하나 싶은 표정들이었다. 그러나 나는 뜨끔했다. 아이가 처음 내 방에 왔을 때 일어날까 말까 망설이던 나, 아이를 입원시키고 혼자 있어서 편하다고 생각한 내가 떠올랐다. 덴마크의 유명한 감독 라스 폰 트리에의 영화 〈안티 크라이스트〉의 한 장면이 떠오른다. 남편과 섹스를 하다가 오르가슴을 느끼려는 도중, 여주인공의 눈에 아장아장 걷는 아들이 창밖으로 떨어지려는 모습이 들어온다. 보통의 엄마들 같으면 앞뒤 보지 않고 아이에게 달려갔겠지만, 그녀는 오르가슴을 포기하지 않는다. 그리고 결국 아이는 창밖으로 떨어져 죽는다. 굉장히 찝찝하고 기분 나쁜 영화로 남았지만, 조리원에서 나는 그 여주인공이 된 기분이었다. 이렇게 내 생각은 계속해서 비약적이고 자학적으로 흘러갔다. 내가 그때 패트릭 네스의 《몬스터 콜스》를 읽었더라면 어땠을까? 자신의 아픔과 상처를 알고, 진실을 마주할 용기로 치유할 수 있었다면 어땠을까? 지금의 내가 그때의 나에게 갈 수 있다면 이 책을 꼭 권하고 싶다. 《몬스터 콜스》는 살날이 얼마 남지 않은 엄마를 둔 코너가 몬스터를 만나 내면의 상처와 마주하며 엄마의 죽음을 받아들이는 과정을 담은 책이다.

13세의 코너는 자주 엄마가 낭떠러지 끝에 서 있다가 떨어지는 악몽을 꾼다. 늘 자신이 엄마의 손을 잡지만 놓치고 만다. 암에 걸린 엄마, 학교 친구들의 괴롭힘, 이혼 뒤 다른 가정을 꾸린 아빠. 어디에도 마음 둘 곳 없는 코너 앞에 어느 날 몬스터가 나타나 세 가지 이야기를 들려준다. 이야기는 권선징악도 아니고, 선과 악의 대립도 아니며 인과응보도 아니다. 우리가 알던 동화 속 이야기 같지만 하나같이 아이로서는 받아들이기 힘든 결말이다. 몬스터는 엄마가 곧 죽을 것이라는 걸 받아들이지 못하는 코너에게 마지막 네 번째 이야기를 직접 완성하라고 한다. 네 번째 이야기는 다름 아닌 코너가 자주 꾸던 악몽이다. 그리고 코너의 손이 미끄러지며 결국 엄마가 낭떠러지로 떨어지는 이미지가 펼쳐진다. 몬스터가 말한다. "이게 진실이다. 너도 그 사실을 안다. 네가 엄마를 놓았다." 코너는 이 말에 아니라고 발악한다. 자신이 손을 놓은 게 아니라 엄마가 떨어진 거라고 말이다. 그러자 몬스터는 "진실을 말하지 않으면 악몽에서 벗어날 수 없다. 평생 이곳에 갇혀 살아야 한다."라고 말하며 코너를 몰아세운다. 그리고 괴로움에 몸부림치던 코너는 결국 고백한다. "엄마가 죽을 거라는 걸 알고도 견딜 수가 없었어! 그저 끝나길 바랐어! 다 끝나길 바랐다고!" 코너 내면의 진실은, 엄마가 죽는 걸 바라지는 않지만 엄마가 빨리 죽어서 고통이 끝나기를 바라는 것이었다. 이렇게 진실을 말한 코너는 마음의 평안을 얻고, 엄마의 죽음을 받아들인다. 임종을 앞둔 엄마에게 코너가 말한다. "엄마를 보내기 싫어요."

사람은 누구나 양가감정을 가지고 있다. 그러나 한 가지 감정만 선택할 필요는 없다. '이런 감정도 느끼고 저런 감정도 느끼는구나.' 하고 인정하면 된다. 인정하지 않으면 외롭다. 우리는 엄마이기 전에, 누군가의 자식이기 전에 그저 온전한 나 자신이기 때문이다. 코너는 자신의 양가감정을 인정하고 받아들였을 때 비로소 엄마의 죽음을 인정할 수 있었다. 수년 전 산후조리원에서 힘들어하던 나는 이제 안다. 누구든 자신의 모성을 의심할 필요가 없다는 것을, 우리 안의 진실은 언제나 사랑이라는 것을 말이다.

# 산후 우울증을
# 겪다

산후조리원 생활을 마치고 집으로 돌아온 뒤 나는 매일 아이와 씨름했다. 소변으로 퉁퉁해진 기저귀를 갈아준 지 얼마 되지 않아 아이는 똥을 누었다. 똥 기저귀를 갈고 씻기고 겨우 한숨 돌리면 무슨 이유인지 아이가 울었고, 그때마다 나는 젖을 물렸다. 젖을 물리면 자야 하는데 안 잔다. 내려놓으면 울고, 안아 주면 그쳤다. 그렇게 한참을 안고 어르고 놀아 주면, 어느새 기저귀는 다시 퉁퉁해져 있다. 다시 기저귀를 갈아 주고, 울면 젖을 물린다. 자나 싶어 침대에 살며시 내려놓으면 또 운다. 안아 준다. 똥을 눈다. 엉덩이를 씻기고 새 기저귀로 갈고 젖을 물린다.

아이가 잠들면 밀린 집안일을 하고 남편의 저녁을 준비한다. 그런데 저녁 준비가 끝나기도 전에 아이가 깨서 운다. 해가 진다.

종일 아이 얼굴만 바라보니 내 얼굴이 아이 얼굴인지, 아이 얼굴이 내 얼굴인지 분간이 안 된다. 이런 걸 일컬어 호접지몽이라고 하는 걸까. 밤에는 한 시간에 한 번씩 깨어 울었다. 세 시간이라도 쭉 자 보는 게 소원이었다. 매일 반복되는 이런 일상이 너무나 힘들었다. 대부분의 포유류는 태어나마자 스스로 걸어 엄마의 젖을 찾아 물지만 인간은 아니다. 신생아는 혼자서 할 수 있는 일이 아무것도 없다. 온전히 나에게만 의존해야 하는 존재를 보면 신기했지만 버겁고 불안했다. 아이가 숨을 쉬지 않아 놀라서 번쩍 안아 드는 꿈을 꾸고는 아이가 터트리는 울음 소리에 어안이 벙벙할 때도 있었다. 이렇게 꿈과 현실의 경계가 허물어지는 날도 있었다.

이 상태로 5개월을 버티자 내 몸과 마음은 어떤 생명체도 살지 못할 만큼 피폐해졌다. 그리고 나는 폭발해 버렸다. 잠이 들려던 찰나 아이가 울어 젖을 물려도 소용이 없자 절규한 것이다. 순간 아이의 비명이 들렸다. 정신을 차려 보니 아이가 내 쇄골에 부딪혀 코피를 흘리고 있었다. 그러나 여기서 멈추지 않고 베란다에 내 발이 닿지 않는 튼튼한 빨래걸이를 본 순간 죽고 싶다는 생각이 들었다. 제발 악몽에서 벗어나게 해 달라고 빌었다.

찰스 다윈의 진화론에 따르면 생물 집단은 환경에 적응하는

어느 날, 나에게 공황장애가 찾아왔습니다

데에 유리한 유전 형질은 다음 세대로 전달하고, 불리한 유전 형질은 도태시킨다. 즉, 생물은 자신이 처한 환경에 맞춰 생존할 수 있도록 변화한다. 코주부원숭이가 먹이를 빼앗길 것을 두려워해 안 익은 과일만 먹는 것이 이를 증명하며, 실제로 코주부원숭이는 익은 과일을 먹으면 배에 가스가 차서 죽는다. 그런데 아무리 생각해도 진화론에 맞지 않는 생물이 있다. 바로 인간이다. 인간은 출산 뒤 신경 전달 물질의 불균형과 급격한 호르몬 변화, 아이를 키워야 한다는 부담감과 걱정으로 약간의 우울증을 겪는다. 그리고 이 중 10~20%는 산후 우울증으로 발전하여 슬픔과 무기력함, 불안감, 조급증 등의 증세를 심하게 겪는다. 아이를 키우는 데 전혀 도움이 안 되는 일이다. 도대체 왜 인간은 출산 뒤 우울증을 겪도록 진화한 걸까? 아이를 키우려면 활력 있고, 편안하며 기뻐야 하는데 말이다. 오히려 우울증이 아니라 조증을 겪도록 진화해야 하는 것 아닌가?

진화 심리학에서는 산후 우울증이 자손 번식을 결정하는 데 관련이 있다고 말한다. 쉽게 말해 산모를 무기력하게 만들어 다음 자손을 번식하지 못하게 하여, 갓 태어난 아이의 생존율을 높이는 것이다. 그렇다면 성공이다. 나는 실제로 그때의 경험으로 더는 자손을 번식하지 않는다. 물론, 육아로 인해 힘든 시간은 영원히 지속되지 않는다. 영원할 것만 같은 나날은 이제 찰나의 감정과 장면으로만 남았고, 온전히 나에게 의지하던 아이는 이제 내 든든한 버팀목이 되어 주고 있다.

출산 후 우울감 혹은 우울증으로 힘든 엄마들에게 우울한 게 당연한 거라 꼭 말해 주고 싶다. 내 몸이 다 회복하기도 전에 스스로는 아무것도 하지 못하는 아이를 온전히 책임지고 돌본다는 게 얼마나 힘든 일인가. 하루아침에 완전히 달라진 일상을 만나는 것, 한 번도 배워 보지 못한 일을 끊임없이 해야 하는 것, 나라는 존재는 사라진 듯한 느낌을 매일 받는 것에 우울하지 않을 사람은 없다. 아무리 책이나 영상을 통해 배우고 준비해도 내가 직접 경험하는 것과는 확연히 다르다. 그러니 우울함과 아이를 다루는 게 서툴 수밖에 없다는 걸 인정하자. 그리고 모든 것은 영원하지 않다. 빨래걸이를 보며 해선 안 될 생각을 했던 나는, 가끔 치료를 받지 못한 걸 후회한다. 나처럼 극단적인 생각을 하는 산모라면 전문가의 도움을 받길 권한다. 나는 가끔 상상한다. 제때 제대로 된 치료를 받았더라면 나는 다시 자손을 번식했을까.

## 에딘버러 산후 우울 검사

현재의 기분이 아닌, 지난 일주일간의 기분을 표현한 데에 표시하세요.

**1. 재밌는 것이 눈에 띄고 웃을 수 있는가?**

0점: 예전만큼 그러하다 ☐
1점: 예전보다 조금 줄었다 ☐
2점: 예전보다 많이 줄었다 ☐
3점: 전혀 그렇지 않다 ☐

**6. 해야 할 일을 처리할 수 있는가?**

0점: 평소처럼 처리할 수 있다 ☐
1점: 대부분 처리할 수 있다 ☐
2점: 가끔 버겁다고 느낀다 ☐
3점: 감당하기 힘들다 ☐

**2. 어떤 일을 즐거운 마음으로 기다리는가?**

0점: 예전만큼 그러하다 ☐
1점: 예전보다 조금 줄었다 ☐
2점: 예전보다 많이 줄었다 ☐
3점: 전혀 그렇지 않다 ☐

**7. 너무나 불안해 잠을 못 잔 적이 있는가?**

0점: 전혀 아니다 ☐
1점: 자주는 아니다 ☐
2점: 가끔 그러하다 ☐
3점: 대부분 그러하다 ☐

**3. 일이 잘못되면 자신을 탓하는가?**

0점: 전혀 그렇지 않다 ☐
1점: 예전보다 그렇지 않다 ☐
2점: 종종 그러하다 ☐
3점: 대부분 그러하다 ☐

**8. 슬프거나 비참한 기분이 드는가?**

0점: 전혀 그렇지 않다 ☐
1점: 자주는 아니다 ☐
2점: 자주 그러하다 ☐
3점: 대부분 그러하다 ☐

**4. 이유 없이 불안하거나 걱정하는가?**

0점: 전혀 그렇지 않다 ☐
1점: 거의 그렇지 않다 ☐
2점: 종종 그러하다 ☐
3점: 대부분 그러하다 ☐

**9. 너무나 불행해 운 적이 있는가?**

0점: 전혀 그렇지 않다 ☐
1점: 가끔 그러하다 ☐
2점: 자주 그러하다 ☐
3점: 대부분 그러하다 ☐

**5. 이유 없이 겁이 나거나 공포에 휩싸이는가?**

0점: 전혀 그렇지 않다 ☐
1점: 거의 그렇지 않다 ☐
2점: 종종 그러하다 ☐
3점: 대부분 그러하다 ☐

**10. 자신을 해치는 생각을 하는가?**

0점: 전혀 그렇지 않다 ☐
1점: 거의 그렇지 않다 ☐
2점: 가끔 그러하다 ☐
3점: 대부분 그러하다 ☐

*출처: 보건복지가족부/대한의학회

0~8점: 정상입니다. 대체로 평온한 상태입니다.
9~12점: 경계 수준. 상담이 필요합니다.
13점 이상: 심각 수준. 전문적인 치료가 필요합니다.

# 아이는 책대로 크지 않는다

우리는 책만 읽어서는 아무것도 배우지 못한다.
시련을 통해서만 배운다.
_ 기욤 뮈소(Guillaume Musso), 《당신, 거기 있어 줄래요?》중에서

| | 책 | 현실 |
|---|---|---|
| 출생~4개월 | 6시간 정도는 깨지 않고 밤잠을 자며, 뒤집기를 한다. | 밤새 한 시간에 한 번씩 깨서 울며 6개월이 지나도 뒤집기를 하지 않는다. 무슨 문제가 있나? |
| 4~8개월 | 이가 나기 시작한다. 11~13시간 밤잠을 잔다. | 8개월이 지나도 이가 나지 않는다. 설마 이가 나지 않는 아이가 있나? 한 시간에 한 번씩 깨면서 11시간을 잔다. |
| 8~12개월 | 통잠을 자며, 하루 세 번 식사와 두 번의 간식을 먹는다. | 여전히 한 시간에 한 번씩 깨며 11시간 잔다. 고문은 14개월 지속했으며, 모유에 집착했다. 이유식을 주식이 아닌 간식처럼 먹는다. |

육아는 절대 책처럼 되지 않았다. 아이에게 젖을 물리고 시곗바늘을 보며 시간을 확인했다. 1분, 2분… 책에는 '15분 정도 충분히 물린다'라고 되어 있는데 우리 아이는 5분은커녕 3분도 못 물

어느 날, 나에게 공황장애가 찾아왔습니다

고 잠들어 버렸다. 대체 젖을 먹긴 한 건지 알 수가 없었다. 또 책에는 4개월 즈음에 뒤집기를 한다고 되어 있는데 우리 아이는 7개월 만에 겨우 뒤집었다. 뒤집기를 하지 못하는 아이를 보며 발달에 문제가 있는 건 아닌지 걱정스러웠다. 정말 아이가 책대로 반응하지 않거나 행동하지 않는 내내 불안했다.

이유식이라는 난관을 만난 어느 날이었다. 레시피대로 일일이 무게를 재며 식재료를 다져 만든 이유식을 도통 먹지 않는 아이를 보며, 세 명의 자녀를 둔 친구에게 전화해 물었다. "이유식 어떻게 만들어 줬는데?", "단호박 15g, 소고기 20g, 쌀 35g… 아니다! 쌀은 30g 넣었고…" 그때 친구가 말을 자르며 말했다. "야! 뭔 그램 수를 일일이 재고 있어. 그냥 맛있게 만들어 주면 되지!" 나는 친구의 말에 충격을 받았다. 맞는 말이었기 때문이다. 그냥 맛있게 해 주면 되는데 나는 1g의 오차도 없이 레시피대로 만들고 있었다. 아이가 좋아하지 않는 재료는 조금 빼도 상관없는데 말이다.

재료에 따라 이유식의 맛이 달라지듯 아이의 발달 정도는 다 다르다. 책은 보편적인 아이의 발달에 대해 쓴 것뿐이다. 몇 개월에 걸어야 하고, 몇 개월에 말을 하고, 몇 개월에 한글을 떼는지는 아이마다 다르다. 그런데 책에 나온 명제를 보며 엄마들은 불안해

한다. 또래 아이가 말을 잘하는데 내 아이는 입도 뻥긋하지 않는 걸 보면 또 불안하다. 나도 그랬다. 그러나 정말 심각할 정도의 차이가 아니라면 편안한 마음으로 지켜봐 주면 된다. 엄마의 불안한 마음은 오히려 아이에게 전이되어 좋지 않다. 실제로 우리 아이는 7개월에야 처음으로 뒤집었고, 배밀이는 뛰어넘은 채 바로 기기 시작하더니 11개월에 걸었다. 배냇니는 9개월에야 났다. 같은 시기에 태어난 지인의 아이는 4개월에 뒤집고 6개월에 배냇니가 났다. 절대 아이는 책대로 크지 않는다. 불안해할 필요가 없다. 책은 참고하는 것이지 맹신하는 게 아니다. 책보다는 이 길을 걸었던 사람에게 물어보는 게 더 도움이 될 때가 있다. 책에서 얻지 못한 맞춤형 공감과 위로는 덤이다.

# 화내지 않는 엄마가 되려 할수록 화내는 엄마가 되었다

완벽주의는
가장 높은 수준의 자기 학대다.
_ 앤 윌슨 셰프 *(Anne Wilson Shaef)*

한때 우리 부부는 어렴풋이 딩크족을 꿈꿨다. 자녀 계획이 전혀 없었다. 그랬기에 어느 날 갑자기 나의 배 속에 자리 잡은 아이 소식에 기쁨보다는 걱정이 앞섰다. 지인에게 임신 소식을 전하며 "내 인생은 이제 끝났어."라고 하자, 지인은 깜짝 놀라 말했다. "야, 아기가 들으면 어쩌려고 그래." 그 말에 처음으로 배 속의 아이를 의식했다. '그래, 내 이야기를 다 듣고 있겠구나. 조심해야겠다. 이제 홑몸이 아니구나.'

임신 3개월 차에 초음파로 배 속의 아기를 보았다. 느껴지지는 않지만, 가느다란 팔다리를 풍차 돌리듯 열심히 움직이는 모습을 보자 '세상에 이리도 예쁠 수 있을까?'라는 생각이 들었다. 그간 반겨 주지 못해 미안했다. 그리고 이런 내가 낯설었다. 그때부터

였을까. 나는 잠시나마 반겨 주지 못한 미안함에 사뭇 비장해졌다. 이렇게도 소중한 아이, 기적처럼 나에게 찾아온 아이를 누구보다 행복하게 키워야겠다고 다짐했다.

나는 부모님이 화내는 모습을 가장 싫어했다. 자주 욱하는 부모님의 모습이 나에게는 트라우마로 남아 있다. 육아에 비장해진 나는 아이에게 절대로 화내지 않기로 했다. 다정한 엄마가 되고 싶었다.

그리스 로마 신화에는 '프로크루스테스의 침대' 이야기가 있다. 테세우스는 아버지를 찾아 아테네로 가던 중 프로크루스테스라는 악인을 만난다. 그는 지나가는 나그네를 잡아 자신의 침대에 눕히고 나그네의 키가 침대보다 크면 그만큼 잘라서 죽이고, 작으면 몸을 늘려서 죽였다. 심리학에서는 자신의 잣대로 타인의 생각을 억지로 맞추려는 고집과 편견을 빗대 '프로크루스테스의 침대'라고 한다. 나는 이 프로크루스테스의 침대에 나를 눕혔다. 그러고는 내가 생각하는 좋은 엄마의 상에 맞춰 내 몸을 자르거나 늘렸다. 이를테면 이런 식이다. 아이에게 그림책을 읽어 준다. 아이도 즐겁고 나도 즐겁다. 다섯 권. 이제 잠잘 시간인데 아이는 또 읽어 달라고 한다. 열 권. 다시 잘 시간이라고 좋게 타이른다. 안 듣는다. 스멀스멀 올라오는 화를 참고 읽어 준다. 열다섯 권. 이제 정말 자자고 한다. 아이가 싫다며 징징거린다. 나는 욱하고 만다. 아이는 울고 나는 후회와 자책감으로 괴로워한다. 매사 이런 패턴이었다. 화내지 않는 엄마가 되는 데에 집착할수록 더욱 화를 내는 엄마가되었다. 특히, 화내지 않기 위해 아이에게 한계선을 그어 주지 못한건 큰 실수였다. 당시 나는 한계선을 그어 주면 아이에게 "안 돼."라는 말을 해야 하고, 그것이 아이를 징징거리게 하고 나를 화나게 할 거라 생각했다. 그러나 이는 반대로 화를 넘어 분노를 일으키고 자주 프로크루스테스의 침대에 누워 스스로를 무참히 벌하게 했다.

만 36개월부터는 훈육이 필요하다. 되는 것과 안 되는 것, 옳은것과 그른 것을 알려 주어야 한다. 그러나 나는 그러지 못했다. 기준과 한계를 알려 주지 않는 부모 밑에서 아이가 더 불안할 수 있음을 인지하지 못했다. 한계를 알려 주지 않는 것은, 태어난 지 한달밖에 되지 않은 아이의 속싸개를 헐렁하게 입혀 자신의 팔다리가 많이 뻗어져서 놀라 울게 하는 것과 마찬가지다. 조금 더 정확히 말하자면 나는 아이에게 기준과 한계선을 어떻게 정해 줘야 하는지를 잘 몰랐다. 책을 보고 알게 된 것은 그 기준을 자신과 타인을 위협하는 행동이냐 아니냐로 결정하는 것이다. 그리고 안전을 위한 일에는 더욱더 철저해야 한다. 나는 아이가 징징거릴 때 화를 낼 게 아니라 단호해야 했다. 화는 '네가 징징거리니 내 기분이 나쁘다'라는 감정을 전달하는 일이 될 뿐이다. 그러나 단호히 말하면 나의 의지를 전달할 수 있다. 즉, 단호하다는 것은 무섭고 엄하게 말하는 게 아니라 엄마의 의지를 전달하는 일이다. 지금 읽어 주는 그림책이 마지막이라고 의지를 담아 이야기하고, 정말 그리하는 것이다. 물론, 아이는 징징거리겠지만 엄마가 단호한 모습을 보이면 징징거림은 현저히 줄어든다.

이제는 화내지 않는 엄마가 되려고 노력하지 않는다. 적정한 한계선을 정해 주고 단호해지려 노력한다. 내가 만든 프로크루스테스의 침대는 치워 버렸다. 대신 넓고 따뜻한 온돌방을 마련해 그곳에서 아이와 마음껏 뒹군다. 온돌방에서는 침대에서처럼 떨어져 다칠 염려가 없다.

# 부부싸움을 하고
# 시댁으로 도망간 날

자신이 가치 있는 존재라는 느낌.
곧 '나는 귀한 사람이야.'라고 느끼는 것은 정신 건강의 본질이며 자기 훈련의 바탕이 된다.
왜냐하면 사람은 자신이 귀하다고 생각할 때
필요한 모든 것을 동원해 스스로를 돌보기 때문이다.
자기 훈련이란 자기를 돌보는 것이다.

_ 모건 스콧 펙(M. Scott Peck)

남편이 술을 먹고 들어오는 날은 부부싸움을 하는 날이었다. 그날도 남편이 술을 먹고 들어왔다. 어깃장을 놓는 소리만 해대는 남편의 주사를 도저히 견딜 수가 없었다. 나는 잠든 아이를 둘러 업고 무조건 나와 시댁으로 차를 몰았다. 자정이 다 된 시간에 내가 아이와 함께 들이닥치자 어머님은 깜짝 놀라셨다. 보통 부부싸움을 하면 친정으로 가는 경우가 많다. 그러나 내가 친정에 가지 않는 이유는 우리 엄마는 내가 슬퍼하면 더 슬퍼하는 사람이기 때문이다. 내가 힘들어하면 본인이 더 힘들어하신다.

어린 시절, 나의 부모님은 자주 싸웠다. 아빠가 취해서 들어오는 날은 집 안이 풍비박산 나는 날이었다. 그럴 때마다 나는 두려움에 떨며 빨리 이 시간이 지나가기를, 부디 아무 일도 일어나지 않기를 간절히 바랐다. 그러나 부모님의 싸우는 소리는 늘 점점 커졌다. 떨리는 마음에 이불을 꼭 쥐고 긴장하고 있던 찰나, 와장창! 그릇 깨지는 소리가 들린 적이 있다. 너무 놀라 큰소리로 울음을 터트리자, 영문도 모른 채 깬 언니가 나를 토닥였다. 부모님이 싸우던 무수한 날 중에 그날이 가장 두려운 날이었다.

문제는 엄마의 양육 태도였다. 엄마는 아빠와 싸우고 난 다음 날이면 안 좋은 기분을 꼭 나에게 전가했다. 내가 작은 실수라도 하면 다른 날보다 더 크게 체벌하고, 때때로 때리기도 했다. 그러고는 너무 심했다 싶으면 내게 울면서 사과했다. 이런 엄마의 양육 태도는 나 자신을 '나는 쓸모없는 사람'으로 낙인찍게 했다. 엄마가 우니 나도 눈물이 나고, 이 모든 일이 내 탓인 것처럼 느껴졌다.

이런 내가 아이를 처음 안아 들었을 때 고개가 갸우뚱해졌다. '내가 이렇게도 소중하고 신비한 생명체를 낳았다고? 아무짝에도 쓸모없는 내가 이렇게 고귀한 생명체를 탄생시킨 장본인이라고? 가만있어 보자. 세상에나. 그럼 나도 엄마에게 이토록 소중한 사람이었을까? 그래. 나도 소중한 사람일지 모르겠다.' 수십 년간 단단히 고정되어 있던 관념에 조금씩 균열이 생기기 시작했다. 내 아이는 굉장히 예민했다. 아기띠로 안아 재우고 난 뒤 침대에 눕히면 귀신같이 알고 깨어 울었다. 어쩔 수 없이 아기띠를 한 채로 소파에 반 눕다시피 해서 재웠다. 잠귀가 밝은 것도 나를 쏙 빼닮은 것 같았다. 아이가 누워서 잘 무렵에도 나는 아이가 잘 때까지 꼼짝 않고 누워 있어야 했다. 아이가 잘 때 나도 잠들면 좋으련만, 산후우울증이 잠재된 터라 잠이 오지 않았다. 스마트폰도 없던 시절이라 아이를 보았다가 천장을 보았다가 하며 멀뚱멀뚱 시간을 보냈다. 그러다 책을 집어 들었다. 한 권은 곧 두 권이 되고, 세 권이 되었다. 빨리 책을 더 읽고 싶어 아이가 얼른 잠들기를 바랐다. 그렇게 책을 읽자 한 뼘밖에 되지 않던 나의 시야가 넓어지며, 보이지 않던 것이 보이기 시작했다. 타인의 행동, 감정 혹은 어떤 상황 속의 의미, 나의 감정, 나의 객관적인 모습도 보였다. 완전히 새로운 세상을 만났다.

부부싸움하고 시댁으로 도망간 날, 아이를 재우고 어머님과 나란히 누워 이런 이야기를 모조리 쏟아냈다. 그러자 어머님이 "어이구야. 그래. 네가 엄청나게 성장했구나."라고 말씀하셨다. "그런데 남편한테는 성장한 마음으로 대하는 게 잘 안 돼요. 술 취한 모습을 보면 도저히 참을 수가 없어요." 참았던 눈물이 흘렀다. "어머님, 저는 어머님 같은 엄마가 되어야겠다는 생각이 들어요. 어머님은 제가 어떤 실수를 하든 늘 다정하게 바라봐 주시잖아요." 내 이야기를 차분하게 들어 주시는 어머님이 신기했다. "그래. 우진 아빠가 내 아들이잖니? 그러니까 소중하지. 그런 소중한 아들이 같이 사는 게 너니까 너도 똑같이 소중하단다." 너도 똑같이 소중하다는 말에 하염없이 눈물이 흘렀다. 나도 소중한 사람일지 모른다는 불확실성이 소중한 사람이라는 확실성으로 바뀌었다. 어쩌면 내가 평생 듣고 싶은 말이었을 지도 몰랐다.

어머님은 새벽 4시까지 내 이야기를 들어 주셨고, 나는 다음날 출근을 하는데도 전혀 피곤하지 않았다. 온종일 마음이 충만했고, 내 몸에 보호막이 한 꺼풀 입혀진 느낌이었다. 종교에서 말하는 '은총'이라는 게 이런 걸까. 그러고는 불현듯 머릿속에 하나의 문장이 완벽하게 떠올랐다. '과거는 과거일 뿐 현재를 살아라'. 이날부터 내 과거의 상처들이 하나둘 떨어져 나갔다. 어머님은 내 상담사이고 치유자였다.

사람은 누구나 소중하다. 소중하지 않은 사람은 없다. 단지 자신이 그것을 인지하지 못 하는 것뿐이다. 자신을 소중히 여기지 않는 사람은 타인도 소중히 여기지 않는다. 그렇기에 그 사람 또한 소중하지 않은 것처럼 보이는 것이다. 이제는 모두가 알았으면 좋

어느 날, 나에게 공황장애가 찾아왔습니다

겠다. 우리는 모두 소중한 사람이라는 것을. 당신과 나는 너무나 소중한 사람이다. 그러니 자신을 함부로 대하지 않았으면 좋겠다. 소중한 건 아껴 주고 사랑해 주는 게 맞다.

# 누군가가 나를 온전히 사랑한다는 것

당신이 날 사랑해야 한다면
오직 사랑만을 위해 사랑해 주세요.
_ 엘리자베스 배렛 브라우닝(Elizabeth Barrett Browning)

그 생각을 떠올리면 언제나 나 자신이 어처구니없게 느껴진다. 그 생각이란 바로, '내 아이가 나를 좋아하지 않을 것이다'라는 생각이다. 아이가 세상에 나와 믿고 따를 수 있는 사람은 당연히 엄마다. 엄마의 존재는 아이에게 생존 그 자체이기 때문에 좋고 싫고의 문제가 아니다. 그런데도 나는 아이가 나를 싫어할 거라 생각했다. 이 생각은 도대체 어디에서 나온 걸까? 그것은 아마도 나는 쓸모없는 사람이라는 나를 지배하는 관념에서 나왔을 것이다. 그리고 그 관념은 어린 시절의 경험에 기인했을 것이다. 엄마는 내가 말을 잘 듣거나 상을 타면 긍정적인 반응을 보이셨지만, 내가 말을 잘 듣지 않거나 징징거리며 울면 부정적인 반응을 보이셨다. 위로나 격려를 받은 기억은 없다. 긍정적 반응은 내가 긍정적인 상황일 때뿐이었기에, 내가 실수하거나 잘못하면 사랑받지 못할까 봐 두려웠다. 이는 훗날 내 인간관계에도 영향을 끼쳤다. 누군가와 가까워지면 그 사람이 나를 떠날지도 모른다는 두려움부터 생겼고, 애초에 이런 상황을 만들지 말지 싶어 관계 맺는 것을 부담스러워했다. 단점을 들킬 것 같은 두려움에 누군가가 다가오지 못하게 방어벽을 쳤다. 예를 들어, 나는 연인에게서 끊임없이 사랑을 확인받고자 했으며, 어떤 행동을 하고는 나에게 실망하지 않았을지 내가 싫어지진 않았을지 전전긍긍했다. 그러고는 끝내 버림받음으로써 나는 쓸모없는 사람이라는 걸, 사랑받을 자격이 없는 사람이라는 걸 증명해 보이고, 상대가 나에게 깊은 상처를 주었다며 원망했다. 그러나 나의 행동들이 상대를 질리게 하고 숨 막히게 한다는 걸 이제는 안다. 그리고 그 상처는 상대가 아니라 내가 나에게 준 것이라는 것도 안다.

그러나 아이는 달랐다. 내가 화를 내고 얼굴을 찌푸려도 언제나 나를 보며 웃었다. 내가 잘해 주든, 못해 주든 언제고 나에게 와 안겼다. 그제야 알았다. '아, 아이는 나를 진정으로 사랑하는구나. 이런 게 사랑이구나. 내가 참 어리석었구나. 이런 너마저 나는 의심을 했구나. 누군가가 나를 온전히 사랑한다는 건 이런 거구나.

내가 어떤 사람이건 간에 그저 내 존재 자체를 사랑으로 인정해 주는 거구나.' 인간은 모두 한때 아이였기에 누군가를 온전히 사랑한 경험이 있다. 그러나 어른이 되어가며 보고 듣고 경험한 지식으로 한 겹 두 겹 선입견과 편견을 쌓아간다.《어린 왕자》에 '중요한 건 마음으로 보아야 보인다'라는 구절이 있다. 코끼리를 먹은 보아뱀은 얼핏 보면 모자로 보인다. 만약 우리가 한 번도 모자를 보지 못했고, 모자에 대해 배우지 않았다면 우리는 모자라고 생각하지 못했을 것이다. 생텍쥐페리는 이 이야기를 통해 어른들은 진실을 잃어버렸다고 말한다. 알량한 지식 때문에 우리는 진실이 아닌 선입견과 편견으로 세상을 바라보는 것이다. 그리고 선입견과 편견이라는 색안경을 낄 때마다 사람이 미워진다. 아이가 말을 안 듣고 징징거려서, 남편이 내 마음을 알아주지 않아서, 잔소리해서 미워진다. 어린 왕자도 장미가 미워진다. 장미는 오만함, 허영심, 까다로움과 위선이라는 네 개의 가시를 가지고 있었다. 장미는 그 가시들로 어린 왕자를 괴롭혔고, 결국 어린 왕자는 장미를 떠난다. 자신의 별을 떠난 어린 왕자는 여섯 개의 별을 여행하고 마지막에 지구로 온다. 그리고 지구에서 만난 여우에게서 깨달음을 얻는다. "내가 마지막으로 비밀을 하나 알려 줄게. 아주 간단해. 마음으로 보아야 잘 볼 수 있다는 거야. 중요한 건 눈에 보이지 않아." 그제야 어린 왕자는 장미의 가시 또한 자신을 향한 사랑이었음을 깨닫는다. 겉으로 보이는 가시가 사실은 나를 향한 관심이었다는 것을, 진정으로 사랑하는 마음이었음을 말이다.

진정한 사랑이란, 상대의 가시마저 인정하고 사랑하는 것이다. 사랑은 마음으로 보아야 한다. 어린아이가 어떤 의심의 편린 하나 없이 엄마를 바라보고 온전히 사랑하는 것은 순수하기 때문이다. 아이가 징징거릴 때, 남편이 잔소리할 때 겉으로 드러난 것으로만 판단할 게 아니라, 그들의 진심을 보도록 노력해야 한다. 선입견과 편견의 색안경을 벗어던지고 그들의 진심을 오롯이 바라볼 줄 아는 사람이 되어야겠다. 아이가 온전한 사랑을 내게 주었듯, 나도 온전한 사랑을 줄 수 있는 엄마가 되어야겠다. 우리도 한때는 누군가를 순수하게 사랑할 수 있었다는 것을 잊지 않아야 한다.

# 엄마,
# 사랑해요

"보호해 주고 싶은 사람이 있는데
그러지 못해 가슴이 너무 아파요." 엔젤이 말했다.
"애야, 다른 사람을 우리가 보호해 줄 수는 없단다.
사랑해 주는 게 우리가 할 수 있는 전부야."
월리가 대답했다.
_ 존 어빙(John Irving)

다른 엄마들처럼 나도 아이를 어린이집에 적응시키기까지 마음고생을 했다. 엄마와 떨어지기 싫다며 엉엉 우는 아이를 뒤로하고 나올 때마다 가슴이 시렸다. 그렇다고 언제까지 내 품에만 둘 수 없는 걸 알기에, 사람은 사회적 동물임이 틀림없기에 가슴 시림 정도는 참아 내야 했다. 그리고 고맙게도 하루 이틀 시간이 지나면서 아이는 어린이집에 적응해 나갔다.

아이가 더는 울지 않고 등원하던 어느 날, 원장 선생님이 "엄마한테 인사해야지."라고 아이에게 말하자, 아이는 몇 초 뜸을 들이더니 작고 앵두 같은 입으로 "엄마, 사랑해요."라고 말했다. "다녀오세요."라는 말을 기다리고 있던 나와 원장 선생님은 뜻밖의 말에 웃음이 터졌다. 아이는 얼른 뒤돌아 성큼성큼 계단을 올랐다.

그런 아이의 뒷모습을 보며 대견하면서도 마음이 찌르르 저렸다. 우는 것밖에 할 줄 모르던 갓난아기가 어느새 커서 자신의 길을 걸어가는구나, 앞으로는 내가 이렇게 아이의 뒷모습을 지켜봐 주어야 할 날이 많겠지 싶었다.

하임 G. 기너트는 《부모와 십대 사이》에서, 부모와 십 대의 자녀가 평화롭고 의미 있게 공존하는 길은 부모가 아이를 놓아 주는 것이라고 말한다. 그런데 그게 말처럼 쉽지는 않다. 부모는 내 아이가 행복하고 건강하며 안전하게 지내기를 바라는 마음으로 간섭하고 독단적인 결정을 내려 버리기 때문이다. 십 대의 자녀와 부딪힐 수밖에 없다. 수년 전 함께 일하던 동료가 상처투성이의 얼굴로 출근한 적이 있다. 무슨 일인지 물어보니, 중학생인 아들과 다투었다고 했다. 동료의 아이는 그림을 좋아하고 재능도 있었다. 그러나 웹툰 작가가 되겠다며 공부를 하지 않는 아이를 동료는 받아들이기 어려워했다. 얼굴에 상처는 그림을 그리겠다는 아이와 실랑이를 벌이던 중 확 돌아서는 아이를 잡으려다가 계단으로 넘어지는 바람에 생겼다고 했다. "우리 집에 물려줄 재산이 있는 것도 아니고, 그림 그려서 잘 되는 게 쉽지도 않은데! 그나마 공부라도 해야 커서 밥 벌어먹지 않겠어요?" 그녀의 말에 나는 공감했다.

그림을 그리다가 공부해야 할 시기를 놓쳐 이도 저도 안 되는 것보다는 공부해서 대학을 나와 안정적인 직업을 갖는 게 좋지 않을까 싶었다. 그런데 내 아이가 커 가는 모습을 보며 그 생각에 의구심이 들었다. 아이가 꿈을 펼쳐 보기도 전에 부모가 그 싹을 잘라 버리는 게 맞는 걸까? 해 보지도 않고 부모의 잣대로 미래를 짐작하는 것이야말로 근시안적인 사고방식이 아닐까?

갈수록 불안정해지는 사회 구조 속에서 우리는 4차 산업혁명의 시대로 들어섰다. 청년들은 경제적 위기의 돌파로 창업을 하는 추세다. 그러나 안타깝게도 창업 생태계 평가 지수 세계 20위 도시에 우리나라의 도시는 포함되지 않았다. 우리나라와 미국 청년들의 창업 의지 조사에서도, 아이비리그 대학생의 창업 의지는 20%지만, 우리나라 대학생의 창업 의지는 3%밖에 되지 않는다. 이는 창업을 위한 탄탄한 사회 안전망이 구축되어 있지 않기 때문일 것이다. 거기에 이유를 하나 더 덧붙이자면, 도무지 아이를 놓아 주지 않는 부모 때문일 것이다. 아이의 실수와 실패를 관대하게 바라봐 주지 않으면 아이는 주도적이고 주체적으로 살 기회를 박탈당하게 된다. 그래서 청년들이 창업보다는 이력서를 들고 면접을 보러 다니는 게 아닐까. 백 통의 이력서보다 한 번의 창업에서 얻는 삶의 교훈과 가치가 더 클 텐데 말이다.

동료의 아이도 마음껏 그림을 그리다가 실패할 수도 있다. 그러나 그 실패는 오히려 아이를 단단하게 만들어 줄 것이다. 물론, 부모가 자녀의 실수와 실패, 좌절과 낙담을 보는 일은 가슴 아프다. 그러나 격려하고 지지하는 게 부모의 몫이다.

내 아이가 원장 선생님이 제시한 "엄마, 다녀오세요."가 아닌, "엄마, 사랑해요."라고 말한 건 상징적인 일이다. 어른이 제시한 말이 아닌 자신 스스로 선택한 말을 내뱉은 아이가 다시금 대견하다. 한 발 한 발 내디뎌 올라간 그 계단이 아이가 앞으로 걸어야 할 인생과 같을 것이다. 앞으로 내 기준에서 용납하기 힘든 일을 아이가 선택하려 한다면, 이날을 기억할 것이다. 아이가 자신의 인생을 주체적으로 살 수 있도록 묵묵히 지켜봐 주어야지. 그러기 위해 내 마음의 텃밭을 기름지게 가꾸어야지. 아이가 힘들 때 언제든 나의 텃밭에 와서 먹고 쉴 수 있도록 말이다.

# 낮에 버럭하고
# 밤에 반성하기

내가 이 삶을 축복한다면,
그것은 그대가 있기 때문이다.

_ 크리스티앙 보뱅*(Christian Bobin)*

극심한 산고를 버텨내고 아이를 낳았습니다.

그 작고 여린 핏덩이를 보며

나는 생명의 소중함을 배웠습니다.

밤이면 한 시간이 멀다고 울어대는 아이,

어르고 달래고 노래하고 안고 업어도

하염없이 울어 대는 아이,

그 수많은 밤을 보내며 나는 인내를 배웠습니다.

어릴 적 이후로 한 번도 불러 보지 않던

'어린 송아지'를 아이에게 불러 줍니다.

평소 내가 좋아하지 않던 음식을 아이를 위해
기꺼이 만들어 줍니다.
내가 아닌 아이의 입장에서 생각하며
나는 배려를 배웠습니다.

내가 저한테 잘해 주든 못해 주든
웃어 보이든 찡그려 보이든
아이는 나를 보며 어떤 의심의 편린 하나 없이
자신을 다 내보이며 웃어 줍니다.

아이가 나를 키우며 나는 행복을 배웠습니다.
아이가 나를 키우며 나는 사랑을 배웠습니다.

〈아이가 나를 키운다〉라는 내가 쓴 시다. 어디선가 본 것 같기
도 하고, 민망하지만 아이를 키워 본 부모라면 공감할 것이다. 내
가 이 시를 쓴 결정적 계기는 아이가 네 살 때 나에게 보여 준 순
수함이었다. 지금의 아이를 봐서는 상상도 할 수 없지만, 아이는
밥을 참 안 먹었다. 모유를 끊으면서 우유에 집착했고, 우유를 데
워 빨대 컵에 주면 엄마 젖을 빨 듯 쪽쪽 빨아 순식간에 먹었다.

그러나 문제는 우유만 먹고 밥은 안 먹는 것이었다. 나는 아이에게 밥을 먹이기 위해 노력했다. 아이가 좋아할 만한 레시피만 모은 책을 보며 음식을 만들기도 하고, 밥을 캐릭터 모양으로 만들어 주기도 했다. 그러나 여전히 아이는 밥을 잘 먹지 않았다. 그러고는 다시 우유를 달라며 떼를 썼다.

그날도 여느 날과 비슷한 날이었다. 저녁으로 각종 채소와 소고기를 넣고 볶음밥을 만들어 줬지만, 역시 아이는 몇 숟가락 뜨더니 입을 꾹 다물었다. 그러고는 몇 분 후 다시 우유 타령이었다. 그간 참아 온 화가 슬금슬금 끓어오르기 시작했다. "너! 이렇게 우유만 먹고 이따가 밤에 또 배고프다고 우유 달라고 하면 엄마한테 혼날 줄 알아!" 나는 아이에게 엄포를 놓고 우유를 주었다. 그러고 잘 시간이 되어 잠자리에 누워 스르륵 잠이 들 찰나, 아이가 말했다. "엄마, 우유…" 잠깐 누그러뜨렸던 화가 그 한마디에 폭발하고 말았다. 아이에게 고래고래 소리를 질렀고, 아이는 크게 울었다. 총체적 난국이었다. 그리고 결국, 나는 피곤한 몸을 이끌고 우유를 데워 아이에게 주고 말았다. 윗입술과 아랫입술을 쭉 내밀고 열심히 우유를 빨아 먹는 아이 눈에 눈물이 그렁그렁 맺혀 있었다. 우유를 마신 뒤 자려고 누운 아이를 보니 미안했다. 아이의 머리를 쓰다듬자 아이가 말했다. "엄마가 참 좋아." 이렇게 미소를 띄고 말한 아이는 이내 잠이 들었다. 아이라서 섭섭한 감정과 엄마에게 꾸지람을 들은 일을 순식간에 잊는 걸까. 지금 이 순간이 좋으면 마냥 좋은 걸까? 아이는 하나님이 보낸 천사라더니 그 말이 맞는 것 같았다. 엄마가 참 좋다는 그 말이 지금도 선명하다. 이토록 아이는 어른이 상상할 수 없을 만큼 순수하다.

누군가 섭섭하게 하고 화나게 하면 아들의 목소리를 떠올려야지. 그러면 조금 너그러운 마음으로 상대를 이해하게 되지 않을까. 나는 지금도 내가 아이를 키우는 게 아니라 아이가 나를 키운다고 생각한다. 그렇게 매일 배운다.

# PART 2

# 피해자 엄마에서
# 가해자 엄마로

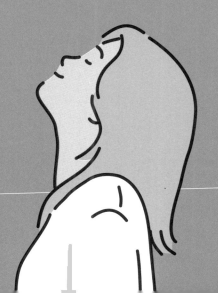

# 시댁에 들어가
# 살게 되었다

시련에 직면한 인간이 선택할 수 있는 것은 세 가지뿐이다.
첫째, 맞서 싸우거나
둘째, 아무것도 하지 않거나
셋째, 달아나거나

_ 앙리 라보리(*Henri Marie Léon Laborit*)

　7년간 살아온 신혼집이 재개발 지역이 되며 이사를 하게 되었다. 운 좋게 신도시의 아파트를 분양받아 됐지만, 완공까지 1년 이상이 남은 시점이라 나는 다시 전셋집을 얻을지, 시댁에 들어가 살지를 고민했다. 그러다 나는 시댁에 들어가 살기로 했다. 미혼인 아가씨도 살고 있어 망설여졌지만, 직장과 어린이집이 가까웠기 때문이다. 어머님이 쓰시던 화장실이 딸린 안방은 그렇게 우리 세 식구의 새로운 보금자리가 되었다.

　퇴근하고 돌아오면 어머님께서 준비해 둔 맛있는 저녁을 먹고, 어머님이 빨아 준 옷을 입었다. 거기에 둥글레와 약재를 우린 구수한 물도 일품이었다. 아이와 거실에서 놀 때면 어머님은 식탁에 앉아 성경을 읽고 계셨고, 이따금 우리를 흐뭇하게 바라보셨다. 그러나 나만의 공간이 없었다. 아이가 잠들면 나는 조용히 거실로 나와 어두컴컴한 거실에서 홀로 시간을 보냈다. 스마트폰을 보고 있으면 화장실에 가려고 나온 아가씨가 나를 보며 화들짝 놀라고 는 했다. 스마트폰 불빛에 내 얼굴이 비치니 얼마나 놀랐을까. 그 상황이 재미있어서 나와 아가씨는 빙그레 웃었다. 주무시다가 화장실에 가려고 나온 어머님도 출근하려면 피곤할 텐데 안 자느냐 며 걱정해 주셨다.

그래도 시댁은 시댁이었다. 두어 달 지나자 퇴근 후 어머님이 해 주신 밥을 먹는 게 죄송해지고, 붕어라는 별명이 있을 정도로 물을 많이 마시는 나 때문에 더 자주 물을 끓이는 어머님께 미안 해서 물을 마음껏 마시지 않게 되었다. 아이와 놀아 줄 때 개구진 표정이나 잔망스러운 몸짓을 하는 것도 자제하게 되었다. 아이 앞 에서 모든 것이 부자연스러워졌다. 관객을 의식한 연기자 같다고 해야 할까. 밤에 거실에서 책을 읽거나 스마트폰을 보다가 아가씨 와 어머님을 만나는 일이 반복되자 이마저 불편해졌다. 그래서 나 는 아이 옆에 누워 스마트폰 플래시를 켠 채 책을 읽었다. 그러나 자세도 불편하고 불빛도 걱정이었다. 차라리 아무것도 안 하고 자 는 게 낫지 않을까 싶었지만, 그러기엔 간신히 쉬고 있는 나의 숨통이 끊어질 것만 같았다. 그때 화장실이 눈에 들어왔다. 그래, 저기다! 아무에게도 방해받지 않고 나만의 시간을 가질 수 있는 곳!

유레카를 외치며 화장실 구석 선반에 스탠드를, 변기 앞에는 목욕탕 의자를 가져다 놓았다. 목욕탕 의자에 앉아 책도 보고 스마트폰도 했다. 가끔은 변기 뚜껑 위에 노트북을 올려놓고 글을 쓰기도 했다. 벽에 기대어 책을 읽을 때는 스탠드의 각도가 잘 안 맞아 자세가 삐딱해지기는 했지만, 이렇게라도 내 시간을 보낼 수 있다는 게 좋았다. 버지니아 울프가 말하는 '자기만의 방'을 마련한 것 같았다. 화장실 창문으로 보이는 달도 낭만적으로 보였다. 그런데 화장실을 나만의 공간으로 활용하고 지내던 어느 날 밤 화장실 문이 덜컥 열리고 말았다. 어머님이었다. "세상에! 너 여기서 뭐하니?" 화장지를 가지러 오신 어머님은 나를 보고는 깜짝 놀라셨다. 순간, 들키고 싶지 않은 비밀을 들킨 것 같은 기분이 들었다. 어머님을 통해 내 모습을 객관적으로 보니 찌질이 코스프레를 한 것만 같았다. 이후, 나는 화장실과 이별했고 숨통은 끊어지기 일보 직전이 되었다. 반면, 남편은 아주 편안해 보였다. 어머님이 차려 주시는 밥을 먹고 구수한 물을 실컷 마시면서도 미안해하지 않았고, 집안일에는 전혀 손도 대지 않았다. 그러고는 밤에 어머님께 술상을 받는 지경에 이르렀다. 남편은 시댁 생활이 좋았는지 새집으로 이사 가지 말고 계속 살자고도 했다. 나의 고충을 이야기하며 잠시라도 살 집을 구하자고 해도 말이다. 나는 내 마음을 전혀 알아주지 않는 남편에게 큰 실망을 했고, 간당간당하던 내 숨통은 끊어지고 말았다. 일상이 어머님에 대한 죄송함과 불편함으로 꽉꽉 차 버렸고, 점점 웃음과 표정을 잃어 갔다. 나중에 알았지만, 이런 심정은 고스란히 아이에게 전달되고 있었다. 그리고 내 앞에 큰 고난이 기다리고 있을 줄은 꿈에도 생각하지 못했다.

공간이 사람에게 주는 영향은 참으로 컸다. 어머님이 시집살이를 시키는 것도 아닌데 시댁살이는 힘들었다. '자기만의 방'은 누구에게나 필요하다. 오로지 나를 마주할 수 있는 공간이 있어야 가면을 쓰지 않게 된다. 엄마, 아내, 며느리가 아닌 오직 나를 나로서 마주할 수 있는 곳. 잠시라도 그런 곳에서 가면을 던지고 와야 숨통이 트였다.

어느 날, 나에게 공황장애가 찾아왔습니다

# 1학년,
# 첫 학부모 상담

나는 떨어져서 사는 존재의 가치 따위는 믿지 않는다.
우리 중 누구도 혼자만으로는 완전하지 못하다.

_ 버지니아 울프(Adeline Virginia Woolf)

A 엄마: 어제 학부모 상담을 다녀왔는데, 글쎄 선생님이 우리 아이더러 ADHD 같다는 거야. 내가 얼마나 기분이 나빴는지 몰라. 아니 이렇게 멀쩡한 애를 가지고 무슨 말도 안 되는 ADHD냐고! 그 선생 진짜 이상한 사람이야. 내가 어제 막 분이 안 풀려서 잠을 다 설쳤다니까.

B 엄마: 어제 학부모 상담을 다녀왔는데, 선생님이 우리 아이가 외동인 특징이 두드러진다고 하더라고. 우리 아이가 그런 면이 있긴 해서 같이 동조해 주었지. 집에서도 그런 특징을 보일 때가 있는데 어떨 때 그러는지 세세히 다 말해 주었어. 선생님은 내 이야기를 듣더니 조금 놀라시는 것 같았어. 너무 오냐오냐 키운다고

생각했나 봐. 그런데 우리 아이가 장점도 참 많은 아이인데 장점은 하나도 말해 주시지 않더라고. 좀 아쉬웠지만 그래도 단점을 말하는 게 쉽지 않으셨을 테니, 우리 아이를 생각해서 해 주시는 말이라 생각하고 말았어.

학교 상담은 유치원 상담과는 다르다. 부모는 본격적인 학교 생활에 접어든 내 아이가 친구들과 잘 지내는지, 학업은 잘 따라가는지 그 어떤 때보다 궁금하고 걱정된다. 그러나 교사가 한 달이 채 안 되는 시간에 30명 안팎의 아이를 하나하나 세심히 파악하기란 어려운 일이므로, 보통은 아이의 학교 생활에 대한 이야기보다 학부모에게서 아이에 대한 이야기를 듣는 것으로 진행된다. 그런데 첫 학부모 상담을 마치고 돌아오는 길에 내 기분은 처참했다. 유치원에서 들어왔던 아이에 대한 긍정적 피드백은 없었고, 문제점만 잔뜩 듣고 온 것이다. 충격을 받았다. 선생님이 말씀하신 아이의 면면에 대해 알고는 있었지만, 부정적인 피드백에 급기야 '내가 내 아이에 대해 잘 모르고 있었던 걸까? 내가 그동안 육아를 잘못하고 있었던 걸까?' 하고 혼란스러웠다. 선생님의 말에 나의 중심은 금세 흐트러지고 말았다.

위에 언급한 A 엄마는 선생님의 말을 전면 부인하고, B 엄마는 선생님의 말을 전면 옹호한다. B 엄마가 바로 나다. 타인과의 대화에서 내 입장 표명 없이 타인의 편에 섰던 내 관행이 고스란히 적용된 대화이다. 나는 무의식적으로 늘 반대 의견을 내면 상대가 기분 나빠할까 봐, 상대가 나를 싫어할까 봐 늘 상대의 편에 섰다. 상대의 의견이 옳든 그르든 말이다. 그러나 그런 태도가 때로는 나에게 독이 되기도 하고, 깊은 관계로 가는 걸림돌이 되기도 한다는 것을 이제는 안다. 상대의 의견에 반박할 줄 몰랐던 나는 선생님이 아이의 문제점에 대해 이야기할 때 반박은커녕, 동조하고 말을 보태기까지 했다. 아직 아이에 대해 제대로 파악하지 못했을 선생님에게 아이의 장점이 아닌 약점과 단점만 말한 꼴이다. 아, 얼마나 어리석었는가. 이런 태도가 반복되며 훗날 선생님이 아이에게 낙인을 찍는 데 영향을 준 것 같다.

1968년, 하버드 대학교 사회 심리학과 교수 로버트 로젠탈과 20년 이상 초등학교 교장을 지낸 레노어 제이콥슨은 초등학생을 대상으로 교사의 기대감이 아이에게 미치는 영향을 연구했다. 방법은 교사에게 무작위로 뽑은 학생의 명단을 주며 이 아이들은 지적 능력과 학업 성취 향상 가능성이 높다고 말하고 8개월 뒤 학생들의 학업 성취도를 분석하는 것이다. 그리고 실제로 8개월 뒤

해당 학생들의 학업 성취도는 모두 향상되었다. 교사의 눈빛과 말투, 행동 등을 통한 기대감이 아이들에게 전해지고, 아이들이 이에 부응하기 위해 노력했기 때문이다. 이를 두 학자는 '로젠탈 효과'라고 정의했다. 그러나 이 기대감을 선입견으로 바꿔 말할 수도 있겠다. 나는 담임 선생님께 내 아이에 대한 선입견을 심어준 건 아니었을까? 선입견을 끊임없이 증명해 주는 방식으로 소통한 건 아니었을까? 아이의 문제 행동 원인을 교사 탓으로 돌리는 건 아니지만, 돌이켜보면 후회되는 부분이다.

앞서 말한 A 엄마는 내 직장 동료이다. 첫 상담에서 담임 선생님에게 산만하고 ADHD가 의심스럽다는 말을 듣고 왔으니 얼마나 놀라고 속상했을까. 그렇다고 그 말을 전면 부인하고 기분 나빠할 일은 아니다. 아이에 대해 정확히 알고, 나중에 문제가 될 수 있는 부분을 알게 될 테니 말이다. 교사의 말을 감정적으로만 받아들여서는 정작 '문제 인식'을 놓칠 수 있다.

담임 선생님과 첫 상담 후에는 중립을 지켜야 한다. 너무 아이 편에 서거나 너무 선생님 편에 서는 건 좋지 않다. 그 접점을 찾아야 한다. 또한, 상담의 목적은 교사와 학부모 모두 아이의 행복한 학교생활을 위한 것임을 알아야 한다. 1학년은 교사와 학부모, 아이 모두 힘든 시기를 보내는 경우가 많다. 누구보다 내 아이를 잘 아는 건 당연히 엄마이므로, 혹여 교사가 아이를 잘못 판단한다는 생각이 들면 주저 말고 이야기했으면 한다. 그리고 교사가 말하는 아이의 면모를 잘 새겨들었으면 한다. 아이의 본격적인 사회생활의 시작점에서 우리는 흔들리지 않는 엄마여야 한다.

# 따돌림당하는
# 줄도 모르고

시댁에 살면서 아이를 혼낼 일이 많아졌다. 식구가 많아지니 참아야 할 상황과 예의를 갖춰야 할 상황이 자주 생겼기 때문이다. 아이가 너무 버릇없이 굴 때는 매까지 들었다. 게다가 아이가 초등학교에 입학하자 매일이 전쟁이었다. 싫다는 아이를 붙잡고 받아쓰기를 시키고, 학교에 가기 싫다는 아이에게 윽박지르며 꾸역꾸역 보냈다.

그러던 어느 날, 담임 선생님에게 전화가 왔다. 아이가 학교생활에 적응을 못 하고 겉돈다고 했다. 등교 거부도 심해지던 터라 아이에게 물어보니 그간 하루도 빠짐없이 친구들에게 놀림을 당하고 있다고 했다. 얼마나 마음의 상처가 컸던지 자신을 놀린 아이의 이름을 하나하나 대면서 말이다. 평소 친구들의 이름을 잘 외우지 못하던 아이였기에 나도 적잖이 놀랐다. 이름을 보니 남자아이들이 대부분이었고, 그야말로 집단 따돌림이었다. 아이가 학교에서 이렇게 따돌림을 당하며 마음에 상처를 받고 있다는 것도 모르고 매번 혼내고 윽박질렀던 내가 너무나 한심하게 느껴졌다. 단순히 버릇없이 군다고만 생각했던 내가 엄마 자격이 있나 싶었다. 이런 상황을 한 달이나 전혀 눈치채지 못한 나를 책망했다.

순간 모든 퍼즐이 맞추어졌다. 왜 아이가 학부모 참여 수업 때 재채기하고는 극도로 긴장하며 친구들의 눈치를 보았는지, 왜 등교를 거부했는지, 왜 나에게 그런 상황을 이야기하지 않았는지. 사실 아이는 나에게 계속 신호를 보내고 있었다. 짜증이 늘었고, 자주 울었으며, 또박또박 잘 써 오던 알림장을 써 오지 못했다. 밤에는 이를 갈며 선잠을 잤다. 결정적으로 나에게 대놓고 말한 적도 있었다. "엄마, 친구들이 나를 자꾸 놀려! 코딱지라고." 나는 그 말을 그냥 대수롭지 않게 넘겼다. '코딱지'라는 단어를 듣고 피식 웃었던 것도 같았다. 나의 이런 반응에 그간 아이는 엄마에게 말해도 소용없다고 느꼈으리라. 가장 믿고 의지할 엄마에게 수용받지 못한 아이는 얼마나 괴로웠을까. 아이의 아픔을 생각하면 언제나 그때의 내가 미워진다.

영국의 심리치료사이자 작가 필리파 페리는 《나의 부모님이 이 책을 읽었더라면》에서, '아이가 하는 이야기에서 우리가 주목할 것은 아이가 하는 이야기나 그 근거가 얼마나 타당한가가 아니라, 아이가 그 이야기를 통해 어떤 감정을 표현하는가이다'라고 말하며, 할머니가 만들어 준 렌틸 콩 수프를 불평하는 아이를 핀잔하면 아이는 커서 변태 피아노 교사가 허벅지를 더듬어도 침묵할 거라 했다. '불쾌한 경험'을 수용받지 못했기 때문이다. 나는 아이가 친구들이 놀린다고 했을 때 아이의 감정 표현에 집중했어야 했다. 만약 내가 그때 아이의 신호를 놓치지 않고 감정에 집중해 주었더라면 어땠을까. 코딱지라고 놀림받아 속상하고 친구들을 때려 주고 싶은 마음을 수용받은 아이는 아마 나중에 큰 문제가 있을 때 나에게 이야기했을 것이다.

실제로 훗날 나의 내면을 치유한 뒤 아이의 감정을 있는 그대로 수용해 주자 아이가 자신의 이야기를 하나하나 꺼내기 시작했다. 아무튼 아이가 평소와 다르다면 관심을 갖고 아이와의 소통 채널을 열어 두자. 그리고 평소에 하지 않던 말을 하거나, 화를 내는 등의 행동을 보인다면 의심하자. 이 글을 읽는 이들은 나처럼 모든 신호를 놓치고 뒤늦게 후회하며 아파하는 일이 없으면 좋겠

다. 우리 아이들이 부모의 울타리 안에서 안심하고 성장할 수 있

도록 말이다.

# 충격적인
# 가족 심리
# 검사 결과

어떤 눈물은 너무 무거워서
엎드려 울 수밖에 없을 때가 있다.
_ 신철규, 《눈물의 중력》 중에서


　《새들은 페루에 가서 죽다》의 작가 로맹 가리는, 에밀 아자르라
는 가명으로 쓴 《자기 앞의 생》을 통해 두 번의 콩쿠르 상을 받은
유일한 작가다. 《자기 앞의 생》은 로맹 가리가 '사람은 사랑 없이
살 수 없다'라는 진실을 너무도 애잔하고 감동적으로 담은 작품으
로, 나는 엄마 대신 주인공 모모를 키우는 로자 아줌마가 아이가
이상하다고 정신과 의사를 만나는 대목을 기억한다. 강아지 쉬페
르를 조금 더 좋은 환경에서 살길 바라는 마음으로 돈이 많은 부
인에게 팔아 버리고, 받은 돈을 하수구에 던진 뒤 엉엉 울던 모모.
이에 로자 아줌마는 모모를 이상하고 광기가 있는 건 아닌지 걱
정하며 정신과 의사 카츠 선생님을 찾아간다. 그러나 로자 아줌마
의 걱정과 달리, 정신과 의사는 아무일도 일어나지 않을거라 한다.

그리고 평소 전혀 울지 않던 아이가 운다면 정상적인 아이가 되어가고 있는 거라며 카츠 선생님은 모모가 아닌 로자 아줌마에게 신경 안정제를 처방해 준다. 아이에게 문제가 있어서 병원을 찾았는데 아이가 아닌 어른에게 약을 처방한 것이다. 그런데 이렇게 아이러니한 상황이 나에게도 일어났다.

시댁 살이와 아이의 초등학교 입학이 맞물려 예민해져 있는데다, 아이가 따돌림을 당한다는 사실에 충격을 받은 나는 나를 무참하게 벌하고 아이를 보듬으려 노력했다. 그럼에도 불구하고, 상황은 나아지지 않았고, 결국 우리는 아이의 상태를 확인하기 위해 가족 심리 검사를 받았다. 그리고 결과는 예상외였다.

"아이보다도 어머님이 상담을 받아 보시면 좋을 거 같아요." 머리를 한 대 얻어맞은 것처럼 얼얼해졌다. 아이가 아닌 나에게 문제가 있다니. "그거 봐. 네가 문제잖아." 상처로 남을 법한 남편의 말은 귀에 들어오지도 않았다. 그저 나만 그 공간에서 분리되어 한없이 어디론가 떠내려가는 것만 같았다. '아, 내가 문제구나. 아이가 아니라 내가 문제야. 아이가 불안한 게 아니라 내가 불안했구나. 아이가 우울한 게 아니라 내가 우울하구나.' 나의 불안과 우울은 그렇게 아이에게 고스란히 영향을 끼치고 있었다.

아이가 문제 행동을 보일 때 대부분의 부모는 겉으로 보이는 행동에만 집중한다. 로자 아줌마가 모모의 행동을 보고 그랬던 것처럼. 그러나 모모의 행동에는 그럴만한 이유가 있었다. 강아지를 팔아 버린 건 사랑하는 강아지를 좀 더 좋은 환경으로 보내 주고 싶었기 때문이고, 하수구에 돈을 버린 건 그렇게도 사랑하던 강아지를 팔아 받은 돈을 차마 쓸 수 없었기 때문이었다. 그러나 우리는 대부분 로자 아줌마처럼 반응한다. 당장 보이는 행동을 보며 아이에게 문제가 있다며 전전긍긍한다. 이런 부모의 모습은 아이를 더욱 외롭고 힘들게 만든다. 아이에게 문제 행동이 나타날 때는 부모의 행동부터 되돌아봐야 한다. 아이가 힘들어하고 울 때 나는 어떻게 반응했는지, 아이가 문제를 맞닥뜨렸을 때 나의 시선은 어땠는지, 나는 어떤 식으로 문제를 해결하려 했는지 곰곰이 생각해 보아야 한다. 그리고 그 안에서 아이의 문제 행동 속 의미를 찾아내야 한다.

물론 문제 행동의 원인은 복잡하다. 그래도 부모의 양육 태도에 영향을 많이 받는 건 당연하다. 최근 브리검영 대학교 연구진은 엄마가 감정 조절을 잘하고 문제 해결 능력이 뛰어날수록 아이가 문제 행동을 덜 한다는 연구 결과를 발표했다. 이는 엄마가 감정 조절에 미숙하고 문제 해결 능력이 떨어질수록 아이의 문제 행

어느 날, 나에게 공황장애가 찾아왔습니다

동이 많아진다는 말이다.

모모는 카츠 선생님의 '아무 일도 일어나지 않을 겁니다. 절대로요'라는 말에 눈물을 흘렸다. 누군가에게 자신의 감정을 이해받았다는 것만으로도 큰 위로가 되었기 때문이다. 부모는 카츠 선생님과 같은 믿음으로 아이를 바라봐 주어야 한다. 단순히 말로써가 아니라 눈빛과 행동으로 보여 주어야 한다. 그리고 아이가 어릴수록 문제 행동의 원인은 부모에게 있다는 걸 인정하자. 자신에 대한 인정이 아이의 문제 행동 개선을 위한 첫걸음이다. 인정은 나의 문제점을 직시하게 하고, 나를 변화시키는 원동력이 된다. 부모가 변해야 아이도 변한다.

# 피해자 엄마에서
# 가해자 엄마로

내가 남의 귀인이 되어 주지 않고
어떻게 길 떠난 내 자식이
귀인을 만나길 바라랴.

_ 박완서, 《묵상집》 중에서

 아이에게 1학기 따돌림 사건의 상처가 다 아물기도 전인 2학기
에는 정반대의 사건이 일어났다. 아이가 친구들을 때리고 다닌 것
이다. 나의 잘못된 양육 태도 영향도 있었겠지만, 아이가 1학기에
받은 마음의 상처가 그렇게 발현되는 건지도 몰랐다.

 맞은 아이의 엄마에게 죄송하다는 말밖에 할 수 없었다. 아이
가 친구들을 때린다는 것도 충격적인데, 사죄하고 다녀야 하는 이
상황이 당혹스러웠다. 게다가 아이의 행동이 일회성으로 끝나지
않자 자책과 우울의 늪에 빠져 허우적거리게 되었다. 정신을 바짝
차리고 마음을 굳게 먹게 된 것은 같은 반 엄마들의 모습을 보고
나서였다.

나는 늘 아이를 학교에 데려다주고 출근했다. 어차피 가는 길이기도 했다. 그런데 반 엄마들이 삼삼오오 모여 있다가 나를 보고는 대화를 멈추고 딴청을 피우는 모습을 보았다. 나와 내 아이 이야기를 하던 걸 숨기는 듯한 엄마들 사이에는 나와 늘 반갑게 인사하던 엄마도 있었다. 그 엄마는 나를 외면했다. 그들이 나와 내 아이를 흘끔거리던 시선을 지금도 잊을 수가 없다. 아이의 문제 행동으로 인해 이렇게 철저히 배척당한다는 사실에 세상이 이토록 무섭다는 것을 깨달았다. '아, 내가 세상을 너무도 몰랐구나! 이렇게 무서운 세상에서 아이가 잘살 수 있게 하려면 내가 강해져야 하는구나. 마음을 단단히 먹어야겠다.' 그날의 경험은 최근 코로나 19에 감염되었다가 완쾌되어 직장으로 돌아왔지만, 주변의 시선으로 인해 퇴사한 사람의 마음을 알 수 있을 정도였다.

아이의 초등학교 1학년의 시기는 지금까지 살면서 가장 힘든 시간이었다. 몇 해 전 앓았던 공황장애보다 더 힘들었다. 공황장애는 스스로 이겨 내면 되지만, 내 아이로 인해 타인이 피해를 보는 상황은 나를 깊고 깊은 질곡의 수렁에 빠뜨렸다.


'이 또한 지나가리라'라는 명언은 언제 들어도 진리다. 그렇게 죽을 만큼 힘들었던 시간은 지났고, 나와 아이는 지금 무척 잘 지내고 있다. 우리가 어떻게 이겨냈는지는 앞으로 계속 다룰 것이다. 지금 여기에서 하고 싶은 이야기는 이런 일을 겪고 난 뒤, 동창회에서 C와 나눈 대화와 연관이 있다. 동창회에서 친구들과 대화하다가 '맘충'이라는 단어가 나왔다. 그러자 C는 자기 아이들과 같이 학원에 다니는 한 남자아이의 엄마에 관해 이야기했다. 이야기를 듣고 보니 그 남자아이 엄마의 행동이 일반 상식에서 벗어나는 행동이긴 했다. 아이보다 자신의 모임이나 자기 계발을 더 중시한다고 해야 할까. 사실이든 아니든 C의 이야기를 종합하면 이렇다.

어느 날 C는 엄마들과 함께 아이를 데리고 카페에 갔다. 그리고 남자아이의 엄마는 모임에 갔는지 운동하러 갔는지 그 자리에 없었다. 그런데 남자아이는 셰이크를 먹고 싶었는지, C의 옆을 맴돌며 "아, 셰이크 먹고 싶다."라는 말을 반복했다. C는 "보통은 셰이크가 먹고 싶으면 '저 셰이크 사 주세요.'라고 하잖아? 그런데 눈도 안 마주치고 딴 데를 보면서 계속 셰이크가 먹고 싶다는 거야."라고 했다. 나는 C에게 물었다. "그럼 '너 셰이크 먹고 싶구나. 그럴 땐 아줌마한테 와서 눈을 보고 셰이크 먹고 싶어요.'라고 말하면 된다고 가르쳐 주면 안 돼?" 그러자 C는 그래 봤자 소용없다는 듯 또 다른 일화를 늘어놓았다. 그리고는 그 집안 사람들은 다 이상하며 특히 아이가 가장 이상하다고 했다. 순간, 힘들었던 지난날이

어느 날, 나에게 공황장애가 찾아왔습니다

떠오르며 기분이 언짢아졌다. "그건 그 아이가 이상하다기보다 그 아이 평생, 그러니까 9년간 노출된 상황이 안 좋다 보니 제대로 배우지 못했기 때문일 거야." 내가 C의 이야기에 수긍하지 않자 C는 다른 친구에게 또 다른 일화를 덧붙이며 말했다. "그래서 요즘 엄마들 만나면 그 엄마 이야기가 화두로 많이 올라와." 이렇게 되면 진실은 왜곡되고 말은 와전된다. 타깃이 된 사람은 무리에서 정말 이상한 사람이 되어 버린다. 내가 실제로 겪은 일이기도 했다.

2021년인 지금 어떤 사람이 조선 시대 옷을 입고 다니며 조선 시대 사고방식으로 살아가고 있다면 누구나 그를 이상한 사람이라고 할 것이다. 우리는 누구나 이 시대에 맞는 옷을 입고 이 시대에 어울리는 생각을 가지고 살기 때문이다. 2021년 현재, 어떤 상황이든 우리들이 생각하는 보편적인 행동이나 언어가 존재한다. '보통은, 일반적으로, 상식적으로, 엄마라면, 아빠라면, 아이라면'이라는 말로 통용되는 말들일 것이다. 그러나 어른이라면 그렇지 못한 아이가 옆에 있을 때 가르쳐 주어야 한다. 더군다나 내 아이와 같은 반이거나 같은 학원에 다닌다면 더욱 보듬어 줘야 한다.

나는 피해자 엄마와 가해자 엄마 모두를 경험했다. 내 아이가 한 달 내내 놀림을 당하고 수개월을 아파했지만, 누구도 나에게 사과하지 않았다. 반 아이들이 내 아이를 말로 때린 건 묵인되었고, 내 아이가 반 아이들을 물리적으로 때린 건 파장을 일으켰다. 그리고 그 파장은 우리 가족에게 날카로운 칼이 되어 날아왔다. 절대로 핑계는 아니다. 내 아이에게 맞은 아이도 힘든 시기를 보냈을 거란 걸 잘 안다. 다만, 나는 나 같은 엄마가 깊은 수렁에서 빠져나오다가 포기하지 않도록 단 한 번만이라도 입장을 헤아려 주면 좋겠다. 수렁 속에서 철저한 배척과 고립을 경험하며 너무 힘들었을 때 선생님의 한마디가 나를 살렸다. "어머니, 많이 힘드시죠?" 그 한마디에 마음이 녹아내렸다. '한 아이를 키우려면 온 마을이 필요하다'라는 아프리카 속담처럼 내 아이뿐만 아니라 내 이웃의 아이도 애정과 관심을 두고 바라봐 주는 어른이 많아지길 간절히 소망한다.

# 신경 정신과에
# 가기로 했다

고통스러운 감정은 우리가 그것을
명확하고 확실하게 묘사하는 바로 그 순간에
고통이기를 멈춘다.

_ 스피노자(Spinoza, Baruch De)

　모처럼 남편과 단둘이 외출해 맥주를 마시다가, 시댁에 살며
내가 겪는 고충과 아이의 문제 행동에 대해 이야기하며 자리를 박
차고 일어났다. 내 마음을 몰라주는 남편에게 너무나 화가 났다.
엄청난 분노와 절망감에 한없이 눈물이 났다. 자정이 다 된 시간
에 어두운 골목길을 정처 없이 걸었다. 계속해서 울려대는 전화기
는 꺼 버렸다. 울부짖는 나를 흘끗거리는 사람들은 보이지도 않았
고, 누군가 골목 어귀에서 나와 칼을 들이댄다 해도 전혀 놀라지
않을 것만 같았다. 아니, 차라리 누군가가 나를 죽여 줬으면 했다.
그날 나는 내 존재를 버렸다. 자신을 버리면 두려울 게 없다는 걸
깨달았다. 한참을 미친 사람처럼 돌아다니다가 마트 앞 벤치에 앉
았다. 어느 정도 진정이 되고 멀리 달아났던 정신이 돌아왔다. 옆

벤치에서 나를 흐릿한 눈빛으로 바라보는 아저씨를 보고는 무서워져서 그제야 집으로 발길을 돌렸다.

새근새근 자는 아이 옆에 누워 생각했다. '그냥 이대로 사라져 버릴까? 내가 없어지면 아이는 어떡하지? 내가 없으면 처음에는 힘들어하겠지만, 곧 적응할 거야. 아이에게는 인자한 할머니와 할아버지가 계시고, 아빠도 있으니까 괜찮을 거야. 이 못난 엄마 밑에서 안 좋은 영향을 받으며 자라느니 차라리 내가 없어지는 게 나아.' 그렇게 몇 날 며칠 내 존재 자체를 부정하며 의욕과 희망없이 살았다. 버티는 게 아니라 그저 살아지는 나날이었다. 그러던 어느 날, 나를 제삼자의 눈으로 바라보게 된 일이 있었다.

매일 그랬듯 퇴근 후 저녁을 먹고 누워서 천장을 바라보았다. 만사가 귀찮고 의욕이 없었다. '아이 숙제도 봐줘야 하고, 놀아 주기도 하고, 내일 학교 갈 준비도 시켜야 하는데…' 이런저런 생각을 하다 보니 어느새 시간이 훌쩍 지나 있었다. 아이가 옆에서 떼를 쓰고 있었지만, 몸에 힘이 하나도 없었다. 그러자 아이는 울기 시작했다. 도대체 그토록 예쁘던 우리 아이는 어디로 갔을까, 그토록 다정하던 나는 어디로 갔을까 싶었다. 아이의 울음소리가 점점 커지자 머리가 지끈거렸다. 그러다 문득 알아차렸다. 아이는 내내 무표정한 나를 기쁘게 해 주려고 애쓰고 있다는 걸. 어떻게든 나의 반응을 끌어내고 싶어 하는 걸. 나는 그간 아이의 어떤 노력에도 반응을 보이지 않고 있었다. 아이가 웃으면 함께 웃어 주고, 잘못하면 가르쳐 주는 일이 전혀 없었다.

미국의 에드워드 박사는 '무표정 실험'을 통해, 부모의 무표정이 아이의 정서에 미치는 영향을 연구했다. 엄마와 아이가 놀이를 할 때 엄마가 무표정을 유지하면 아이는 애교를 부리거나 조르며 상호작용을 요구한다. 그러나 2분이 지나면 혼란스러워하다가 짜증을 내거나 울거나 도망치며 스트레스 반응을 보인다. 내 아이는 나의 무반응과 무표정에서 스트레스 반응을 보인 셈이다. 당시 나는 무기력하든 울적하든 상관이 없었다. 그러나 아이는 아니다. 아이는 이런 엄마 밑에서 자라면 안 된다. 그날 나는 아이를 위해 신경 정신과에 가기로 했다.

사람은 누구나 살면서 위기를 맞이한다. 그럴 때 자신의 감정에 압도되어 괴로워할 게 아니라 자신을 객관적으로 바라볼 수 있어야 한다. 그래야 나에게 닥친 문제를 정확히 인지할 수 있다. 자신을 객관적으로 바라본다는 건 물속에서 수영하고 있는 나를 수영 강사의 눈으로 바라보는 것과 같다. 내 팔꿈치가 얼마나 구부러졌는지, 어깨는 어떻게 돌리고 있는지, 발은 얼마나 세차게 구르고 있는지 바라볼 줄 알아야 한다. 그러나 내가 수영 강사가 될 수는 없다. 그렇다면 나를 어떻게 객관적으로 바라볼 수 있을까? 그건 바로 내 몸이 움직이는 대로 수영하는 게 아니라 팔꿈치를 구부릴 때마다, 어깨를 돌릴 때마다, 발차기할 때마다 스스로 몸을 의식하는 것이다. 마찬가지로 어떤 위기를 맞이했을 때 내 의식이 흘러가는 대로 두지 말고 내가 왜 이런 감정을 느끼는지, 내 몸이 왜 이렇게 말을 안 듣는지, 나는 왜 이런 생각을 하는지 의식적으로 생각해 보아야 한다. 물론 매사 자신을 의식하는 일은 쉽지 않다. 그러나 언제나 무의식적인 패턴으로 살아가는 건 옳지 않다. 문제 해결은커녕 괴롭기한 한 나날을 보내게 될 것이다. 우리는 힘든 길을 헤쳐 분명한 평안함을 위해 나아가야 한다. "고통스러운 감정은 우리가 그것을 명확하고 확실하게 묘사하는 바로 그 순간에 고통이기를 멈춘다."라는 스피노자의 말처럼, 나에게서 한 발짝 물러나 나를 바라보니 문제점이 명확히 보였다. 나는 우울증을 앓고 있었다. 심한 감기에 걸리면 뇌척수막염을 앓을 수도 있다. 이럴 때는 꼭 치료를 받아야 한다. 스스로 치유할 수 있는 수준을 넘어섰기 때문이다. 내 우울증도 마찬가지였다. 나는 스스로 치유할 힘을 잃었기에 치료를 받아야 했다. 나의 고통을 개관적으로 바라보니 길이 보였다.

혹시 지금 당신에게 닥친 위기로 힘든 하루하루를 보내고 있는 가? 그렇다면 그 감정에서 한 발짝 물러나 자신을 명확하게 묘사하라. 객관적인 시선, 제삼자의 눈, 수영강사의 눈으로 나를 바라보라. 그 순간 우리의 고통은 멈추고 해결해야 할 것이 무엇인지를 알 수 있을 것이다. 지금도 나는 완벽하지 않다. 그러나 고통스러운 감정에 머물러 있는 시간은 현저히 줄었다. 감정도 다지고 다지다 보면 걷기 편한 등산로처럼 다듬어진다. 이제 나는 아이의 문제에 있어 늘 걷던 죄책감의 길이 아닌, 문제 해결을 위한 길을 내고 있다. 문제를 똑바로 바라볼 수 있는 길을, 아이를 진심으로 사랑할 수 있는 길을.

# 욱하는 엄마와
# 못 참는 아이

어린 시절, 강압적이고 화를 잘 내던 부모 밑에서 늘 주눅 들어 있던 나는 의사 표현에 서툴렀다. 낯선 사람이나 어른들 앞에서는 말을 잘 못 했고, 사회생활에도 불편함이 있었다. 내가 초등학교 2학년 무렵의 일이다. 증조할머니의 장례식장에서 친척들과 밥을 먹는데 나만 젓가락이 없었다. 엄마가 있었더라면 진즉 말했겠지만, 나는 젓가락이 없다는 말을 친척 어른들께 말하기 위해 엄청난 용기를 내야 했다. 내가 기어들어 가는 목소리로 젓가락을 달라고 하자 친척 오빠가 말했다. "야, 너 말할 줄 아는 애였어? 나는 벙어리인 줄 알았네." 이 말에 나는 젓가락을 달라고 용기를 낸 일보다 친척 오빠의 말이 더 가슴에 남아 버렸다.

내 아이는 나처럼 크지 않길 바랐다. 어떤 상황에서든 의사 표현을 똑 부러지게 하는 아이로 키우고 싶었다. 그 일환이 바로 '화내지 않는 엄마 되기'였다. 아이가 떼를 써도 다정하게 말하려 애썼고, 아이의 의사를 무조건 존중해 주고, 아이가 말할 때는 만사를 제치고 귀 기울였다. 그때는 이런 방법이 존중이라고 생각했다. 그러나 나는 아이에게 좌절의 기회를 조금도 주지 않았다는 걸 나중에 알았다. 내가 화를 참을수록 아이의 징징대기와 떼쓰기가 심해지고, 나는 욱하는 일이 많아졌다. 아이와 나는 그야말로 '욱하는 엄마, 못 참는 아이'가 되었다.

나는 아이가 징징거릴 때마다 감정 조절이 잘 안 되었다. 훗날, 상처받은 내면의 어린 나 때문이라는 걸 알게 되었지만, 당시에는 정말 욱하지 않는 게 여간 힘든 일이 아니었다. 아이와 단둘이 집에 있던 날이었다. 징징대는 아이에게 참다 참다 소리쳤다. "너 그럴 거면 나가!" 그러자 울던 아이가 현관으로 성큼성큼 걸어가 신발을 신는 게 아닌가. 나가라고 엄포를 놨더니 정말 나가는 아이를 보며 어이가 없어서 또 소리쳤다. "나가란다고 진짜 나가? 빨리 안 들어와!" 아이는 울부짖으며 말했다. "나는 차라리 없어지는 게 나아!" 괴로워 우는 아이를 보며 결국 또 내가 욱했다는 걸 자각했다. 아직 여덟 살밖에 되지 않은 아이의 입에서 나온 말에 마음이 아팠다. 그날 이후로 나는 다시 욱하지 않으려 무던히도 애썼다. 그랬더니 아이가 징징거리고 떼쓸까 봐 불안해지기 시작했다. 어린 시절 나의 엄마처럼 욱하고 나서 미안해 울며 사과하게 될까 봐 신경이 쓰였다. 그렇게 욱하는 건 줄였지만, 그 저항감으로 생긴 불안감은 다시 아이에게 영향을 미치기 시작했다. 학교생활에 문제가 생긴 것이다.

아이는 미술치료를 시작했다. 일주일에 한 번, 두 시간씩 진행하는 치료였다. 회사에 다니느라 미술치료 선생님을 만날 수 없어 수업이 있는 날에는 선생님과 바로바로 통화하며 피드백을 받았다. 그리고 미술치료 선생님이 제시해 준 솔루션을 매일 실천했다. 선생님의 말씀대로 징징대는 아이에게 "쓰~읍!", "똑바로 앉아.", "말 예쁘게 못 해?", "또 그런다." 등의 말로 자극하지 않고 묵묵히 기다리는 건 쉽지 않았다. 나뿐 아니라 대부분의 엄마가 그럴 것이다. 아이가 스스로 감정을 추스를 때까지 기다리지 못하고 자꾸 부정적인 말로 자극하고, 결국 말을 안 듣는다고 혼내고 화내고 욱하는 걸 반복할 것이다. 이런 악순환을 끊어내기 위한 방법은 '기다려 주기'밖에 없다. 아이가 서툰 손으로 신발 끈을 묶을 때까지 기다려 주는 것처럼, 아이가 스스로 감정을 추스를 때까지 감정을 기다려 주어야 한다. "하기 싫구나, 슬프구나, 화가 났구나." 등의 말도 금물이다. 해야 할 일은 그저 아이가 지금 할 일을 단호히 알려 주고 기다리는 것뿐이다. 아이가 더 징징거리지 않을 때까지, 울지 않을 때까지 말이다. 그렇게 아이는 자신의 감정을 스스로 조절하는 경험을 하게 된다. 오은영 박사는《못 참는 아이, 욱하는 부모》에서 이렇게 말한다.

> 육아를 할 때 기다리는 것만 잘해도 욱할 일이 상당히 많이 줄어든다. 기다리는 능력이 극도로 부족해서 나오는 것이 바로 욱이기 때문이다. (…중략…) 육아에서 아이를 기다리는 것은 당연한 것이다. 그 당연한 것을 '참아 준다'라고 생각하면, 순간 욱하게 된다. 참을수록 단단한 공이 되어 튀어나온다. 참아 준다고 생각하면 내가 아이에게 굉장한 희생을 하는 것 같다. 그래서 참고 참다가 '이젠 도저히 못 참겠어'가 되는 것이다.

나는 그동안 기다려 준 게 아니라 참아 주었다는 걸 알았다. 내 부모처럼 아이를 대하지 않으려고 참아 온 것이다. 그러나 막상 기다려 주기를 실천해 보니 너무 힘겨웠다. 우리의 뇌는 늘 하던 대로 하려는 성질이 있다. 같은 문제를 새로운 방식으로 해결하려고 하면 저항감이 생겨 뇌는 스트레스를 받는다. 그러므로 나에게 필요한 건, 내가 생각하는 기다려 주기의 범위를 벗어난 기다림이었다.

아이가 행복하게 살길 바란다면 반드시 욱을 끊어야 한다. 내 아이가 커서 나처럼 욱하고 후회하는 일을 반복하는 괴로운 육아를 한다고 상상해 보라. 그걸 옆에서 지켜보는 것만큼 불행한 일도 없을 것 같다. 이제는 '참아 주기'가 아니라 '기다려 주기'로 바꾸자. 낮에 버럭 하고 밤에 반성하기는 이제 그만. 욱하는 엄마, 못 참는 아이에서 이제는 탈출하자. 엄마도 아이도 숨통이 트일 것이다.

## 내 아이 제대로 사랑하기

나는 〈우진이 제대로 사랑하기〉라는 수첩을 만들어 표지에 '퇴근 30분 전 정독하기'라고 써넣었다. 아이를 만나기 전 마음을 다 잡기 위한 나만의 의식이었다. 수첩 안에는 미술치료 선생님과의 통화 내용과 실천 사항, 육아 서적에서 참고할 사항과 이전 실천에서 성공한 것과 반성할 점을 꼼꼼히 적었다. 이렇게 만든 수첩은 나만의 맞춤 육아 서적이 되었다. 우리는 더디지만, 매일매일 조금씩 좋아졌다. 힘든 순간, 포기하고 싶은 순간, 기쁨의 순간, 환희의 순간들이 오갔다. 여기에 그 내용을 몇몇 옮겨 본다.

어느 날, 나에게 공황장애가 찾아왔습니다

- 아이에게 앞으로 할 일을 미리 이야기하기. 갑자기 무엇을 하자고 하면 거부가 심하므로. 그러려면 할 일을 미리 계획하는 습관이 필요하다.

- 아이가 질문했을 때는 질문에 대한 답을 하자. "왜?"를 물어 그 속뜻을 파악하려 하지 말자. 아이도 나에게 똑같이 하니까.
  **예)** 엄마, 지금 기분이 어때요? → 괜찮아. 좋아. (○) / 왜? 엄마가 화난 것 같아서 물어보는 거야? (×)

- 우진이는 배고프거나 졸릴 때 가장 예민하다. 배가 고프지 않게 제때 잘 챙겨 주기. 너무 늦지 않게 재우기.

- 아이가 부정적 감정을 내비칠 때가 공감하고 위로해 줄 기회이다. 타이밍을 놓치지 말자.

- 아이를 혼내기 전에 입장을 바꿔서 생각해 보기.

- 지금 아이에게 필요한 것은 엄마의 사랑과 허용이 아니라 잘못된

행동에 선을 그어 주는 '훈육'이다. 스스로 감정과 행동을 조절하게 되었을 때 아이도 더 행복하다는 것을 잊지 말자.

- 소파에 앉아 뜨거운 커피를 마시고 있는데 아이가 주변을 오다가 다 했다. 예전 같으면 가만히 있으라고 핀잔했을 텐데, 이번에는 이렇게 말했다. "우진아, 커피가 뜨거워서 엄마는 네가 다칠까 봐 걱정돼. 조금 멀리 가 있어 줄래?" 그러자 아이는 군소리 없이 "네."라고 대답하며 소파 끝자락으로 자리를 피했다.

- 혼내고 말면 아이는 배우지 못한다. 실수에 대해 적절한 대안을 제시해 주어야 한다. 중요한 것은 실수가 반복되지 않게 하는 것이다.

- 미술치료 선생님 솔루션: 엄마의 기준에서 꼭 해야 할 일에 아이가 떼를 쓰면 일단 스스로 진정할 때까지 기다려 주어라. 그런 뒤 두 가지 정도의 해결책을 제안하고 거기에서 타협점을 찾아라. 협박이 아닌, 이러이러한 걸 네가 안 하면 엄마도 해 줄 수 없다는 식으로.

나의 실천: 아이의 30분 정도 놀다가 숙제하자고 했다. 역시 안 한다고 떼쓴다. 그래도 해야 한다고 하니까 아이스크림을 먹겠단다. 허락

해 주었다. 아이스크림을 먹는 동안 《이게 정말 사과일까》를 읽어 주었다. 그랬더니 전날 먹은 꿀 사과가 생각난다며 사과를 달라고 했다. 사과가 없다니 사러 가자고 하며 한마디 덧붙인다. "숙제하기 싫어서 그러는 거 아니에요." 아, 이걸 또 들어주면 아이에게 끌려가는 것. 미술치료 선생님 조언대로 "숙제하고 사러 갈 거야"라고 말했다. 그랬더니 자리를 이탈해 울며 떼쓴다. 의자에 앉아 아이가 오길 기다렸다. 안 온다. "얼른 와. 숙제하고 사과 사러 갈 거야." 또 엉엉 운다. 기다렸다. 아이가 말했다. "언제까지 기다리나 볼 거예요.", "엄마는 5분 기다리고 안 오면 엄마 시간 가질 거야.", "그럼 나는요?", "너도 네 시간 가지다가 자면 되잖아." 최대한 무덤덤하게 말했다. 그랬더니 아이가 책상으로 와 앉았고, 숙제하며 중간중간 울었다. 숙제를 마칠 때까지 묵묵히 기다렸다. 숙제를 마칠 무렵에는 화를 내기도 했는데, 예전 같으면 똑바로 하라며 소리쳤을 테지만 왠지 웃음이 나왔다. "우진아, 너무 무서워서 포포가 덜덜 떨겠다. 그래도 대답 잘하네, 포포는." 그러자 아이도 덩달아 웃는다. 숙제를 마치고 기분 좋게 사과를 사 와서 먹었다. 아이는 꿀 사과가 아니라며 한쪽 먹고 말았지만, 어쨌든 오늘 미션은 성공이다.

- 아이가 한 주간 별 탈 없이 학교생활을 했다. 최근 자신의 머릿속에

수백 개나 되는 화산을 다 없애 버리고, 그곳에 새싹을 심었다고 말했다. 나는 기뻐하며, 그 새싹이 잘 자라게 하려면 좋은 생각과 좋은 말을 많이 해야겠다고 말했다. 그러자 아이도 안다며 너스레를 떨었다. 그리고 이 말을 한 뒤 아이는 정말로 친구들을 때리지 않았다.

• 아이의 떼쓰기가 많이 줄었다. 어제는 외출하고 돌아오는데 계단을 먼저 올라가니까 같이 가자고 성화였다. "엄마가 화장실이 급해서 그래."라고 하니, "아, 그럼 빨리 올라가세요~"라고 아이가 답했다. 이 정도면 큰 발전이라 생각한다. 예전 같으면 나는 아무리 화장실이 급해도 아이의 말을 들어주었을 테고, 그러다 욱하고 아이는 떼를 썼을 것이다. 그리고 오늘 아침에는 이렇게 물었다. "김장할 때 제가 무얼 도와 드리면 돼요?"

• 아이가 아침에 일어나기 싫어 징징댈 때 짜증으로 대응하지 않기. "우진이가 많이 피곤하구나. 엄마가 좀 안아 줄게."라고 말하며 토닥이자. 그러려면 나의 컨디션도 잘 조절해야 한다. 잠을 충분히 자고, 긍정적인 생각을 많이 하자. 아침에 징징대는 건 엄마에게 의존 욕구를 충족하고 싶어서 그러는 것.

어느 날, 나에게 공황장애가 찾아왔습니다

# 나는 왜
# 부모과 똑같은
# 실수를 할까?

달그락달그락. 남편이 현관 열쇠 구멍을 제대로 못 맞추는 소리가 들린다. 만취한 게 분명하다. 풀풀 풍기는 술 냄새, 초점이 안 맞는 눈동자, 혀가 꼬여 제대로 안 되는 발음… 이 끔찍한 것들을 또 참아 내야 한다. 남편이 술에 취해 들어오는 날은 부부싸움을 하는 날이다. 조용히 들어와 잠이나 잤으면 좋겠는데, 꼭 나에게 와서 성가시게 한다. 그러면 나는 말이 곱게 나가지 않고 남편은 여기에 자극받아 화를 낸다. 결국 큰소리로 비난하는 말, 경멸의 말이 오간다. 그렇게 대화는 상처 주기로 끝나고 남편은 코를 골며 잠이 든다. 나는 그런 남편을 보며 신세 한탄을 한다. 다음 날, 남편은 언제 그랬냐는 듯 제정신으로 돌아와 있다. 이게 남편이 술에 취한 날이면 벌어지는 일이다.

지인 가족과 1박 2일로 여행을 간 어느 날이었다. 그날도 남편은 술을 마셨고, 나와 아이는 먼저 잠자리에 들었다. 그런데 술에 취한 남편이 우리에게 다가오자 부부싸움이 시작되었다. 참을 수가 없어 잠든 아이를 안고 옆방으로 자리를 옮겼다. 화를 가라앉히느라 힘들었다. 다음 날, 지인이 물었다. "어제 둘이 다투는 소리 들리던데 괜찮은 거야?" 괜찮다고 말했지만, 너무 부끄러웠다. 지인의 표정을 보니 어제 남편과 나눈 험한 말을 들은 게 분명했다. 내가 무슨 말을 했는지 떠올리다가 새로운 사실을 알았다. 남편이 나에게 다가오기도 전에 막말을 했다는 걸. "개새끼, 가까이 오지 마! 죽을 줄 알아!"

이런 말을 듣고도 좋게 받아 줄 사람이 있을까. 온전한 정신으로도 받아들이기 힘든 말을 술에 취한 채 들었으니 오죽했을까. 남편의 술 취한 모습을 보고 도발한 건 언제나 나였다는 걸 알았다. 나는 유난히도 남편이 술에 취해 있는 걸 보기 싫어했다. '죽을 만큼 보기 싫다'만큼 안성맞춤인 단어도 없을 정도다. 실제로 술 취한 남편을 보며 죽고 싶었던 적도 있으니까.

도대체 나는 왜 이렇게 남편의 취한 모습만 보면 격정적으로 화가 날까. 그 해답을 나는 '초 감정(Meta-emotion)'에서 찾았다. 초 감정은 세계적인 가족 치료 전문가 존 가트맨이 1996년 처음으로 정의한 개념이다. 초 감정이란, 감정 뒤에 있는 감정, 감정을 넘어선 감정, 감정에 대한 생각, 태도, 관점, 가치관 등을 말하며, 감정이 형성되는 유아기의 경험에서 비롯한다. 무의식적으로 만들어지기 때문에 알아채지 못하는 경우가 많다. 예를 들어, 어린 시절 아빠가 술에 취했을 때마다 맛있는 음식을 사 와 화기애애하게 먹은 기억이 있는 사람과 아빠가 술에 취했을 때마다 부부싸움을 하는 걸 목격한 기억이 있는 사람은 성인이 되어 남편이 술을 마시고 들어왔을 때의 반응이 다를 것이다. 전자는 술에 취해 들어온 남편을 보아도 화가 나지 않지만, 후자는 화가 난다. 그 후자가 바로 나다.

드라마에 자주 나오는 장면이 있다. 술에 취한 남자가 아이들을 모아 놓고 일장 연설하는 모습. 우리 아빠가 그랬다. 취한 아빠에게 끊임없이 듣는 잔소리는 너무 싫었다. 그리고 끝없이 서로를 할퀴던 부모님의 모습에 나는 늘 불안했다. 그러나 그렇게 싫던 내 부모님의 모습을 나는 어느 순간 고스란히 답습하고 있었다. 초 감정의 개념을 알고 보니, 나는 남편에게 아빠의 모습을 투영하고 있었다. 남편이 나에게 자극을 주기 전에, 그저 취한 모습 자체만으로 나의 초 감정의 버튼이 눌린 것이다.

달그락달그락. 현관의 열쇠 구멍을 못 맞추는 소리와 함께 남편이 술에 취해 들어오자 나는 격정적으로 화가 났다. 부부싸움의 패턴이 이루어졌고, 다음 날 남편은 아무 일도 없던 듯이 자고 있던 나의 어깨에 팔을 걸쳤다. 순간 비명을 지르며 거실로 뛰쳐나갔다. 나에게 손대지 말라고 소리 지르며 미친 사람처럼 엉엉 울었다. 남편이 적잖이 놀란 것 같았다. 그때 나는 처음으로 남편에게 나의 어린 시절 이야기를 했다. 부모님의 잦은 부부싸움으로 힘들어했던 아이에 대해. 남편은 처음으로 나의 이야기를 진지하게 들어주었다. "그러니까 제발 술 먹고 들어와서 나한테 말도 시키지 말아 줘. 제발." 그날 이후 남편은 정말로 자제했다. 술버릇을 고치는 일이 쉽지 않을 텐데 말이다. 감사하다. 초 감정에 대해 알고, 어디에서 비롯된 감정인지를 알고 나니 나도 변화했다.

부모님처럼 되지 않겠다고 다짐한 부분에서 똑같이 행동하는 것을 발견할 때가 있다. 초 감정이 작동한 것일 수 있다. 아이가 울면 그 감정 그대로 대하는 게 아니라, 내가 어린 시절 울 때 부모님이 보이던 반응에 대한 감정으로 아이를 대하는 것이다. 무의식의 반응이라 즉각적이다.

부모의 실수를 반복하고 싶지 않다면 초 감정을 읽었으면 한다. 내가 유난히 예민한 부분이 있는지 곰곰이 생각해 보라. 가족

어느 날, 나에게 공황장애가 찾아왔습니다

에게 보인 감정의 정도가 그들이 한 말과 행동에 준하는지 살펴라. 지나친 강도로 반응한다고 판단되면 시간을 거슬러 올라가 원인을 찾아보았으면 한다. 거기에는 분명히 억압된 감정이 있을 것이다. 초 감정을 알면 부모의 실수를 똑같이 되풀이하는 일이 줄어들 것이다.

# 자책에서 벗어나
# 아이에게
# 초점을 맞춰라

경험이란 당신에게 일어난 일을 일컫는 게 아니라,
어떤 일이 일어났을 때 당신이 대처한 행동을 일컫는 것이다.
_ 올더스 헉슬리(Aldous Huxley)

아이가 따돌림을 당하는 줄도 모르고 아이를 나무랐던 내가
한심했다. 조금 더 아이에게 관심을 두었더라면, 조금 더 아이의
말에 귀를 기울였다면, 조금 더 적극적으로 아이의 학교생활을 살
폈더라면. 아이가 힘든 일을 겪는 모두 내 잘못 같아 나는 깊은 자
책의 수렁에 빠지고 말았다. 인디언들은 죄책감을, 나쁜 짓을 할
때마다 도는 몸 속의 세모난 쇳조각 때문이라고 했다. 그리고 나쁜
짓을 하면 할수록 쇳조각의 날이 무뎌져 죄책감을 덜 느끼게 한다
고 했다. 그러나 아이에 대한 죄책감은 그렇지 않다. 무뎌지기는커
녕 더욱 날카로워져 오래도록 괴롭다. 그러나 나는 이 괴로움을 벗
어났다. 무슨 일이 있었을까?

어느 날, 나에게 공황장애가 찾아왔습니다

오랜만에 아이 유치원 친구 엄마를 만났다. 아이가 그간 겪은 고충을 이야기하자, 동기 엄마도 자신의 고충을 이야기했다. 학기 초 담임 선생님이 자기 아들에게만 부당한 대우를 해 속상했다며 "마음 아팠을 아이를 생각하니 화가 나고 눈물이 다 나더라고."라고 말이다. 그런데 나는 그 말에 가슴이 쿵 내려앉았다. '마음이 아팠을 아이를 생각하니'라는 말의 포커스는 '아이'이다. 나는 어땠는가. 내 아이가 힘들어했을 상황을 '내가' 만들었다며 자책하고 있지 않은가. '내가' 아이를 잘 살폈다면 아이가 그렇게 힘들지 않았을 거라며 정작 아이의 아픔을 보지 못한 것이다. 나의 포커스는 '나'였다. 이기적이었다. 죄책감을 전혀 느끼지 않고 살 수는 없으며, 죄책감은 사람을 도덕적이고 양심적으로 살게 한다. 그러나 지나치면 내 감정에만 빠져 문제를 해결할 수 없게 한다.

　나의 문제로 심한 죄책감을 느끼는 엄마를 바라보는 아이의 감정은 어떠할까? 나의 어린 시절 한 장면이 떠올랐다. 등교 전에 헤어스타일이 마음에 안 든다고 징징대던 모습이다. 엄마는 몇 번이고 다시 묶어 준다. 그러나 나는 끝내 만족하지 못하고 엄마는 나를 호되게 혼낸다. 그리고 그날 밤, 엄마는 나를 따로 불러 사과하며 운다. 그날 엄마는 일하는 내내 화를 참지 못한 자신을 탓하며 죄책감을 느꼈을 것이다. 이런 일은 종종 있었다. 그때마다 나는 엄마를 따라 울었다. 당시에는 '슬펐다' 정도로 생각했지만, 지금 생각해 보면 징징대던 나 자신이 싫었을 것 같다. 그리고 '엄마를 힘들게 하는 나는 참 쓸모없는 사람이구나.'로 귀결했을 것이다.

부모가 자신의 잘못을 인정하고 자식에게 사과하는 건 쉽지 않지만 꼭 해야 할 일이다. 그러나 그 기저에 깔린 죄책감은 아이에게 '내가 엄마를 힘들게 했구나.'라는 또 다른 죄책감을 느끼게 한다. 깊은 죄책감으로 괴로워하고 있던 어느 날, 아이가 말했다. "엄마, 나는 쓸모없는 사람인가 봐." 내 아이만큼은 행복한 아이로 키우려 노력했는데, 아이 입에서 나온 말에 영문을 몰랐다. 가족 심리 상담 후 상담사가 내게 이런 말을 했다. "어머님, 다른 어머니들은 어머님처럼 그렇게까지 큰 죄책감을 느끼지 않아요." 당시에는 상담사의 말을 이해하지 못했다. 그러나 나는 이제 그 말을 온전히 이해한다. 과도한 죄책감은 나와 아이에게 독이 될 수 있다는 것을. 어린 시절 내가 나의 엄마에게 느꼈던 죄책감을 내 아이도 똑같이 느끼고 있다는 것을.

아이의 문제로 인해 죄책감을 느끼지 않는 엄마는 세상 어디에도 없다. 아이가 감기에 걸리거나 다쳐도, 잘 안 먹어도, 공부를 못해도 엄마는 죄책감을 느낀다. 엄마로 인해 벌어진 일이 아님에도 말이다. 그야말로 '기승전 엄마 잘못'이다. 한 연예인이 예능 프로그램에 나와서 우울하다는 말이 무슨 뜻인지 모르겠다고 한 말이 생각난다. "일이 안 풀리면 그 일을 어떻게 해결할 건지를 고민해야지 왜 우울해하고 있어요?" 맞다. 과한 죄책감은 우울감을 불러오고, 문제 해결의 장애가 된다. 죄책감의 포커스가 '나'에게 맞춰져 있다면 떨쳐 내자. 내가 아닌 '아이'에게 포커스를 둬라. 내 감정에 빠져 가장 힘들어하고 있을 아이를 놓치지 말자. 그래야 아이에게 생긴 문제를 해결할 수 있다.

# PART 3

# 공황장애는
# 연예인만 걸리는
# 병이 아니다

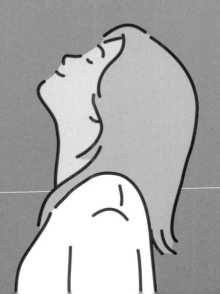

# 어느 날,
# 공황이 내 가슴속으로
# 들어왔다

아는 만큼 보인다.

_ 괴테(Johann Wolfgang von Goethe)

　시댁에서 분가한 뒤 새 동네와 새 직장에 적응하기도 전에 나에게 또 다른 위기가 닥쳤다. 몸이 천근만근인 상태로 쉬는 날 없이 벅찬 스케줄까지 마친 날이었다. 침대에 눕자마자 잠들었던 것 같다. 얼마나 지났을까. 옆에 누워 있던 남편이 뒤척이다 나를 살짝 건든 것 같은데, 순간 눈이 번쩍 뜨이더니 심장이 미친 듯이 뛰기 시작했다. 막 100m 달리기를 마친 사람처럼. 무시무시한 공포가 순식간에 나의 몸을 감싸 안았고, 온 세상을 집어삼킬 것만 같은 검은 안개가 나를 깊은 곳 어딘가로 끌고 들어갔다. 등이 침대에 닿은 느낌이 사라지고 한없이 아래로, 한 줄기 빛도 없는 어둠 속을 빨려들어가는 기분이었다. 지금 정신을 놓으면 나라는 존재는 사라지고 전혀 다른 자아가 나를 차지할 것만 같은 생각이 나를 극도의 공포로 몰아넣었다. 손이 덜덜 떨리고 심장이 두방망이 질 쳤다. 온몸의 경련으로 발작할 것만 같았다.

'일어나야 해. 이렇게 그냥 있다가는 미치고 말 거야. 내 의식은 사라지고 말 거야!' 나는 의지를 다해 거실로 나갔다. 심장이 두근대는 가운데 아이에게 무슨 일이 생겼을 것만 같아 아이가 잘 자는지 확인했다. 아이의 무사함을 확인하고도 성난 심장은 진정할 생각이 없어 보였다. 숨이 가빠졌다. 내 머릿속에 아주 미세하게 남은 이성이 비행 공포증으로 처방받아 놓은 신경 안정제를 생각해 냈다. 떨리는 손으로 약을 입에 털어 넣고 소파에 웅크리고 누웠다. 심호흡을 하고 담요를 덮었다. 이따금 허벅지에서 경련이 일어났다. 그렇게 20분 정도 지나자 서서히 심장이 안정을 되찾았다. '하… 나는 대체 어디를 다녀온 걸까?'

공황 발작이었다. 사실 공황 발작하기 몇 주 전부터 소화가 잘 안 되고 위경련이 여러 차례 있었다. 누가 내 배 속에 손을 넣어 내장을 뒤트는 것 같은 고통이었다. 그랬다가 몇 분 지나면 멀쩡해졌다. 내과에서는 별다른 이야기 없이 위장약만 처방해 주었고, 음식을 제대로 먹지 못해 5kg이 빠졌다.

사실 공황 발작이라는 걸 어렴풋이 예상은 했지만, 인정하기가 싫었다. 그걸 인정하는 순간, 정신병자가 되었다는 뜻과 같으니까(물론, 나중에 공황장애는 누구나 겪을 수 있는 병이라는 걸 알았지만). 과도한 업무와 1박 2일 여행 도중 잠을 설친 일 등 때문에 몸이 반응한 거라 생각했다. 그저 기력이 너무 떨어져서 그런 거라고 여기며, 나는 신경 정신과가 아닌 한의원에 가서 보약을 지었다. 그래도 속이 안 좋아 내과에서 위내시경을 하고, 심전도를 점검했다. 아무 이상이 없었다. 영양 주사를 맞고 돌아왔다.

그렇게 일주일의 시간을 보내고 주말이 되어 혼자 있게 된 날이었다. 순간 무슨 일이라도 생기면 119에 신고해야 할 것 같아 급히 핸드폰을 찾았다. 그러나 나는 핸드폰을 가지러 가기도 전에 쓰러져 버렸다. 거실 바닥으로 몸이 녹아내리는 것 같았고, 심장은 다시 미친 듯이 뛰었다. '빨리 전화를 걸어야 해. 이러다 심장마비로 죽을지도 몰라!' 그러나 이미 이 세상 사람이 아닌 듯, 지구보다 중력이 세 배는 강한 행성에 와 있는 기분이 들었다. 핸드폰으로 손을 뻗어 보려 했지만, 손가락 하나를 들려면 괴력이 필요했다. 이렇게 죽는구나 싶었다. 그런데 20여 분이 지나자 미친 듯이 뛰던 심장이 제 속도를 찾았고, 다시 지구로 돌아온 기분이 들었다.

공황 발작은 지금 내 앞에 호랑이가 없음에도 불구하고 호랑이를 만난 것처럼 몸이 반응하게 된다. 만약 우리가 산에서 호랑이를 만난다면 몸은 살기 위해 이런저런 반응을 일으킬 것이다. 도망가야 하므로 몸의 큰 근육이 혈액을 내보내고, 심장 박동이 빨라지고, 폐는 빠르게 산소를 공급한다. 반면, 살아남는 데 상대적으로 필요 없는 손끝과 발끝에는 혈액이 빠르게 공급되지 않는다. 그래서 공황 발작이 일어나면 숨이 가빠지고 손발이 저리다. 자율 신경계의 작용으로 일어나는 거라 의지로는 어찌할 도리가 없다.

자율 신경계는 호흡, 체온, 소화, 맥박, 혈압 등 생체 리듬을 조절하는 말초 신경계를 말하며, 교감 신경과 부교감 신경으로 나뉜다. 공황 발작 때 일어나는 신체 증상은 교감 신경의 흥분으로 일어난다. 그랬다가 시간이 지나면 부교감 신경이 작용하여 심장 박동이 안정을 되찾고, 호흡도 가라앉는다. 최적의 상태를 유지하려는 항상성이 작용하기 때문이다.

인간은 불확실할 때 가장 불안하다. 인지 심리학자 김경일 교수는 인간이 공포 영화를 두려워하는 이유는 귀신이나 괴물이 언제 어디에서 등장할지 모르기 때문이며, 만약 귀신이나 괴물의 등장을 초읽기로 예고하면 전혀 무섭지 않을 것이라고 이야기한다. 그러면서 인간은 확실하고 구체적인 것에서 안심한다고 했다. 아주 오래 전 일식의 원리를 모르던 시대의 사람들은 태양이 달에 가려지는 것을 불경하고 상서롭지 않은 조짐이라 보아 몹시 불안해했다. 그러나 일식의 원리를 아는 현대인은 일식을 불안해하지 않는다. 알기 때문이다. 공황도 그러하다. 공황 발작이 왜, 어떻게 일어나고, 내 몸에 어떤 영향을 미치는지 알고 나면 막연했던 공포가 사라진다.

그러나 당시 공황은 나에게 언제 어떻게 올지 모르는 불확실한 존재였다. 그랬기에 극도로 불안했다. 특히 발작으로 인해 미치거나 심장마비로 죽을지도 모른다는 생각은 나를 강한 두려움 속으로 몰아넣었다. 하지만 공황으로 인해 죽을 확률은 공황을 겪지 않는 사람과 같다. 즉, 공황 발작으로 인해 미치거나 죽는 사람은 없다. 가장 중요한 것은 발작이 일어나는 동안에는 그야말로 패닉 상태이지만, 일정 시간이 지나면 안정을 되찾을 것을 아는 것이다. 내가 공황장애의 공포에서 한 발짝 걸어 나올 수 있었던 것은 공황장애의 원리를 이해한 후부터이다. 물론, 이론을 몸으로 터득하는 데는 시간이 필요한 법이므로 공황장애를 극복하기까지 오랜 시간이 걸렸다. 그리고 공황 발작이 오히려 내 몸을 보호하려는 생리적 현상이라는 걸 아는 데도 오래 걸렸다.

# 축하합니다,
# 당신은
# 공황장애입니다

원하는 대로 일이 일어나기를 바라지 말고,
일어나는 그대로 받아들여라.
_ 에픽테토스*(Epictetus)*

공황 증세로 일주일간 호되게 고생한 끝에 신경 정신과를 찾았다. 인정하고 싶지 않지만 사실 알고 있었다. 이 엄청난 공포가 공황 발작이라는 걸. 수년 전 읽은 파울로 코엘료의 소설 《베로니카, 죽기로 결심하다》의 공황 발작에 대한 자세한 묘사를 읽었기 때문이다. 처음 공황 발작을 일으킨 날, 나는 생각했다. '아, 파울로 코엘료도 공황장애를 겪었구나.'

신경 정신과의 간판을 보자 씁쓸해졌다. 한 달 남짓 우울증 약을 먹고 일 년여 만이었다. 대기실에는 나보다 어려 보이는 여성도 있고, 나이가 지긋해 보이는 남성도 있었다. 겉으로 보기에는 너무나 멀쩡해 보이는 저들은 무슨 문제가 있어서 왔을까. 나는 저들과

어느 날, 나에게 공황장애가 찾아왔습니다

다르다고 생각하고 싶었다. 나는 이런 곳에 올 사람이 아니라고. 그리고 그때는, 이런 마음이 나를 더 괴롭게 한다는 것을 몰랐다.

진료실에 들어가 그간의 증상을 이야기하자 의사는 안타깝게 바라보며 처방전을 써 주었다. 약은 두 달간 복용하라고 했다. 스스로 자율 신경계를 조절할 수 있는 게 아니므로, 꼭 먹어야 한다고 했다. 나는 의사의 말대로 두 달간 약을 먹으면 되는 줄 알았다. 하루라도 빨리 정신과 약을 먹는 사람이 아니고 싶었다. 그러나 증상이 많이 호전된 것 같아 내 마음대로 약을 끊자, 다시 공황 증세가 나타나기 시작했다. 불안하고 초조했으며, 밤에 심장이 튕기는 듯한 느낌에 잠을 자지 못했다. '이러다 평생 약에 의존해 살아야 하는 건 아닐까?' 공황 발작의 기전을 알고 나서는 조금 안심이 되었지만, 언제까지 겪을지 모르는 상황이 암담했다. 고통의 끝을 모르기에 견디기 힘들고, 약을 먹지 않으면 바로 나타나는 증상에 절망했다. 어쩔 수 없이 다시 약을 먹기 시작했고, 약을 먹으면 졸음이 쏟아지고 몸이 천근만근이었다. 그렇게 몽롱한 상태로 누워 지내는 하루하루, 나는 오롯이 나 자신을 돌아보았다.

어린 시절, 나는 밥때를 놓칠만큼 정신없이 노는 친구들과는 달리, 놀다가 문득 '집에 계신 부모님께 무슨 일이 생기면 어떡하지?'라는 생각에 사로잡혀 집으로 달려가 부모님을 확인하고는 했다. 그만큼 예민하고 불안감이 내재한 아이였다. 성인이 되어 심리학 서적을 읽다가 내가 분리 불안을 겪었던 게 아닐까 싶어졌다. 그때만 해도 아이들의 감정을 만져 주던 시기가 아니었기에, 나는 어떤 치료도 받지 못한 채 늘 감정의 밑바닥에 불안감을 깔고 살았다. 산후 우울증과 공황장애도 이런 기질이 작용한 결과가 아니었을까. 생각해 보면, 내 불안 장애는 소설의 복선처럼 늘 삶 속에 있었던 것도 같다.

## 복선 1

아이와 함께 외출했다가 잠든 아이를 집으로 데리고 와 침대에 눕히는데 밖에서 사이렌 소리가 들렸다. 순간, '밖에 불이 났나? 옆집에 불이 났나? 그러면 나와 아이는 어떻게 되는 거지? 지금 아이를 안고 피해야 하나?' 하는 의문이 끊임없이 들었다. 그래서 급기야 119에 전화해 "여기 ○○ 아파트인데요. 사이렌 소리가 들려서요. 혹시 근처에 불이 났나요?"라고 물었다. 그러자 소방대원이 대답했다. "아, 거기 출동한 건이 있긴 한데, 불이 난 건 아니고 누가 다쳐서 출동했습니다." 그제야 나는 안도했고, 두근대던 심장이 가라앉았다.

### 복선 2

아이가 20개월 무렵에 파트 타임 아르바이트를 했다. 그런데 일하다가 종종 까무러칠 듯한 느낌이 들면서 등줄기가 서늘해졌다. 빈혈인가 싶어서 검사해 봤지만 아무 이상이 없었다.

### 복선 3

직장에서 점심을 먹고 잠깐 쉬면서 까무룩 잠이 들었는데 갑자기 귓가에서 큰소리가 들려왔다. 이런 일은 종종 있었다. 그때마다 화들짝 놀랐고 두근대는 심장은 쉽게 가라앉지 않았다.

### 복선 4

비행 공포증이 생겼다. 비행기를 탔을 때, 추락하는 장면이 영화처럼 머릿속에 꽉 차서, 신경 안정제를 처방받아 두었다.


이렇게 지난날을 돌이켜보고서야 나는 불안감이 많은 사람이라는 걸 알았다. 그리고 공황장애는 나에게 나를 알아가고, 나를 이해하고, 타인을 이해하게 하는 계기가 되었다.

'축하합니다. 당신은 공황장애입니다'라는 문장은 정신과 의사 최주연의 《굿바이 공황장애》의 프롤로그 제목이다. 이 책을 집어

들었을 때, 죽을 만큼 힘든데 축하한다니 어이가 없었다. 그런데 공황장애를 극복하고 4년이 지난 지금은 완벽히 이해한다. 공황 발작은 실제로 죽었다가 살아난 느낌이라고 해도 과언이 아니다. 그래서인지 공황장애는 나에게 전혀 다른 삶을 살게 해 주었다. 죽음의 위기를 넘긴 사람들이 이전과는 다른 삶을 살아가는 것과 비슷하달까.

만약 지금 공황장애로 힘든 시간을 보내는 이가 있다면, 너무 절망하지 않았으면 한다. 공황장애는 나의 문제들을 들여다볼 수 있는 기회, 건강을 챙길 기회, 성숙해질 기회, 더 나은 삶을 살 기회를 준다. 문제가 생겼을 때 해결이 아닌 피하려고만 하면 문제가 더 커지듯이, 공황 발작이 일어날 때 나의 의식을 재앙의 길로 확대하면 더 불안해진다. 공황 발작이 시작되면 오로지 지금 내 몸에서 일어나는 일에만 집중하자. 5분만 견뎌 보자라는 생각으로 심호흡하라. 미친 듯이 뛰던 심장이 속도를 줄이는 것을 지켜보라. 쉽지 않겠지만, 이렇게 발작을 직면하다 보면 그 횟수와 시간이 점점 줄어든다. 죽을 것 같은 공포, 미칠 것 같은 공포는 실제가 아니다. 우리는 죽지도 않을 것이며 미치지도 않을 것이다. 공황의 최악은 그저 공황일 뿐이다.

# 송두리째
# 날아간 일상

신발이 없어서 우울했다.
길에서 다리가 없는 사람과 마주치기 전까지는.
_ 데일 카네기(Dale Carnegie), 《데일 카네기 자기관리론》 중에서

왜 모두 기뻐하지 않을까

당연하다는 사실들

아버지가 계시고 어머니가 계시다

손이 둘이고 다리가 둘

가고 싶은 곳을 자기 발로 가고

손을 뻗어 무엇이든 잡을 수 있다

소리가 들린다

목소리가 나온다

그보다 더한 행복이 어디 있을까

그러나 아무도 당연한 사실들을 기뻐하지 않아

당연한 걸 하며 웃어버린다

*세 끼를 먹는다*

*밤이 되면 편히 잠들 수 있고 그래서 아침이 오고*

*바람을 실컷 들이마실 수 있고*

*웃다가 울다가 고함치다가 뛰어다니다가*

*그렇게 할 수 있는 모두가 당연한 일*

*그렇게 멋진 걸 아무도 기뻐할 줄 모른다*

*고마움을 아는 이는 그것을 잃어버린 사람들뿐*

*왜 그렇지 당연한 일*


일본의 의사 이무라 가즈키오가 젊은 나이에 암으로 세상을 떠나기 전, 자신의 죽음을 응시하며 쓴 글이다. 이 글을 읽을 때마다 내가 일하는 병원의 물리 치료실에서 만난 어느 환자분이 떠오른다. 그분은 교통사고로 양다리를 절단할 위기를 가까스로 모면한 분이었는데, 이런 분들은 대개 수 개월간 침대에 꼼짝 않고 누워 보내다가 휠체어를 탈 정도로 회복되면 물리 치료실에 치료를 받으러 오게 된다. 그리고 어느 정도 치료가 끝나면 개인 의원에서 장기 입원 치료를 받으며 3차 병원에 수시로 내원한다. 어느 날 그 환자분이 싱글벙글하며 물리 치료실에 방문하셨다. 어찌나 행복한 표정이던지 궁금해서 무슨 좋은 일이 있냐고 묻자, 환자분이 웃으며 대답했다. "오늘 진료 보고 오는 길에 505호 사람들이랑 남한산성에 들렀다 왔어요. 처음 외출하는 거예요. 6개월 만에. 허허허." 병원 생활 6개월 만에 첫 외출이라니. 환자로만 생각했지, 이분이 언제 외출했는지 따위는 생각해 본 적이 없다. 놀라움을 뒤로 하고 밖에서 맛있는 것도 좀 드셨냐고 물어보니, 조금 민망해하며 대답하셨다. "아뇨. 시간이 없어서 국수 한 사발씩 먹고 왔어요." 그러고는 목소리를 낮추고는 말을 보태셨다. "원래 환자가 이렇게 외출하면 안 돼요. 이거 비밀로 해 줘야 해."

나도 그분처럼 일상을 송두리째 잃어버린 적이 있다. 열흘간 다섯 번의 공황 발작을 일으킨 뒤였다. 다섯 번째 공황 발작은 근무 중에 일어났다. 안 그래도 건강이 좋지 않아 며칠 결근한 상태라 결국 그날로 퇴사했다. 이후 나의 체력은 바닥이 나 버렸고, 신생아처럼 하루 내내 잠만 잤다. 자면서도 이러다 정말 폐인이 되는 건 아닌지 불안했다. 기운을 내어 동네 한 바퀴를 돌았는데, 10분도 안 되어 온몸에 힘이 다 빠지고, 집에 돌아왔을 때는 초주검이 되기도 했다. 20분을 걷고 4시간을 주저앉아 있었다. 나에게 죽음의 그림자가 드리운 것만 같았다. 직장에서 앞으로 쓸 체력을 끌어다 쓴 걸까. 그렇지 않고서야 이렇게까지 기운이 없을까. 약물 치료로 공황 발작은 줄어들었지만 체력은 쉽게 돌아오지 않았고, 아이를 챙길 여유가 없었다. 가족에게 미안한 마음과 울적함, 무기력함이 지속했다. 그러다 한 달 정도 지나자 처음으로 낮잠을 자지 않고 지낼 수 있게 되었고 차츰 체력도 회복되었다. 그 즈음 내가 할 수 있는 유일한 일은 집에서 차를 타고 20분 거리에 있는 수영장에 아이를 데려다주고 데려오는 일이었다. 아이가 수업하는 동안은 의자에 기대어 쉬었다. 기다리는 것조차 힘이 들었다. 그때 옆에서 삼삼오오 모여 앉아 있는 엄마들이 눈에 들어왔다. 즐겁게 대화를 나누며 이따금 한꺼번에 터지는 엄마들의 웃음소리에 가슴이 아팠다. 지극히 평범한 엄마들의 일상이 너무나 부러웠다. 아이를 수영장에 데려다주고 데려오는 일만을 겨우 해내고 있는 내가 초라하게 느껴지고, 이런 생활이 영원히 이어질 것 같아 절망감이 들기도 했다.

더 시간이 지나자 남편과 함께 마트에 장을 보러 갈 수 있게 되었다. 그러나 여전히 다양한 증세에 시달리기는 했다. 장을 다 보면 화장실에 들르고는 했는데, 어느 날 조명이 고장 났는지 화장실이 어두컴컴했다. 빈칸으로 들어가려고 발을 내디딘 찰나 깨진 타일을 밟았다. 그러자 화장실이 일렁이는 것처럼 느껴졌다. 그럴 리 없다는 걸 알고 있었지만, 한 발자국 더 내딛자 몸이 바닥으로 꺼질 것 같았다. 그날은 결국 화장실에 가지 못했다.

상황이 불만족스럽고 버거울 때마다 물리 치료실에서 만났던 환자분의 행복한 얼굴을 떠올린다. 만약, 내가 양다리를 쓸 수 없는 상황이었더라면 그분처럼 행복하게 웃을 수 있었을까? 이제는 거기에 더해 나의 지난날을 떠올린다. 공황장애로 죽음의 문턱까지 다녀오고 일상을 송두리째 잃어 보았다. 이런 경험은 내게 세상을 바라보는 눈을 달리해 주었다. 소소한 일상이 얼마나 감사한지, 당연하다고 생각되는 일들이 사실은 모두 기적에 가까운 일이라는 걸 알게 했다.

이무라 가즈키오의 말처럼, 일상에 감사할 줄 아는 사람은 일상을 잃어 본 사람뿐이라는 걸 실감했다. 우리는 코로나19로 인해 일상을 잃어 보았다. 그리고 머지않아 일상을 되찾을 것이다. 그때 우리는 지난 힘겨운 날을 생각하며 일상에 감사하게 될 것이다.

# 좋은 일에도
# 기쁘지가 않다

누군가를 사랑한다는 것은,
누군가의 행복을 사랑한다는 것이기도 하다.
_ 프랑수아즈 사강(Francoise Sagan)

공황장애 환자들이 힘든 건 언제 또 공황 발작이 일어날지 모른다는 불안감, 즉 예기 불안 때문이다. 죽을 것 같은 고통을 이미 느껴 봤기에 더욱더 불안하다. 그러다 보면 일상생활의 범주가 확연히 줄어든다. 운전이나 대중교통 이용을 피하게 되고, 사람이 많은 곳에 가지 않게 된다. 특정 장소나 상황에서 발작이 일어난 경우에는 그 장소와 상황을 회피하게 된다. 또한, 예기 불안은 우울증과 불면증, 건강 염려증, 대인기피증 등을 부르기도 한다. 나도 생활 반경이 줄어들고, 우울하고 예민해졌다. 아픈 사람이라는 특권 의식도 생겼다. 남편이 나를 배려하거나 이해해 주지 않으면 서운하고 화가 났다. 이 시기에 나는 무엇이든 부정적으로 생각하고, 불만투성이였다. 남편과 가장 많이 싸운 시기였다.

가족들은 나를 위해 큰 노력을 했다. 친정엄마는 구피를 넣은 어항이나 꽃을 선물하기도 하고, 남편은 풍성하게 핀 국화와 카랑코에 화분, 예쁜 옷을 사 오기도 했다. 그러나 나는 기쁘지 않았다. 무감각하고 무관심했다.

공황장애 4개월 차에 맞은 생일날이었다. 남편은 나를 기쁘게 하려고 모처럼 고급 레스토랑을 예약했고, 요리사는 오직 우리만을 위해 현란한 요리 동작과 불 쇼를 보여 주었다. 그러나 그 와중에 나는 요리사를 옆 테이블의 요리사와 비교하기 시작했다. 우리 테이블의 요리사가 옆 테이블 요리사보다 나이 들고 재미가 없어 보였다. 그리고 음식은 대체로 맛있었지만, 이 가격을 주고 오기에는 아깝다는 생각이 들었다. 레스토랑 분위기에 어울리지 않는 지저분한 화장실도 마음에 안 들었다. 그냥 모든 게 마음에 안 들었다. 남편의 노력에도 전혀 나아지지 않는 내가 싫었다. 그렇게 결국 나는 슬픔과 짜증, 우울과 불안이 한 데 섞인 채로 집에 돌아왔다. 내가 침대에 눕자, 남편은 그만 폭발해 버렸다. 그간 참아 왔을 온갖 비난과 경멸의 말을 나에게 쏟아냈다. 남편에게 미안했다. 충분히 이해되었다. 그리고 아이에게 나의 어린 시절과 같은 환경을 노출한 것 같아 불편했다. 엄마와 아빠가 싸우는 모습을 보며 불안했을 아이에게 어떤 말을 해 주어야 할까. 그때, 영화 〈터널〉이 생각났다.

영화 〈터널〉은 주인공이 터널에 갇힌 배경으로 우리 사회의 모순과 이기적인 인간상을 드러내는 영화다. 나는 당시 이 영화를 보면서 비뚤어진 사회를 꼬집는 부분보다 주인공 부부의 가족애에 집중했다. 터널에 갇힌 주인공이 언제 구조될지 아니 구조가 되기는 할지 막연한 두려움과 공포에서 끝끝내 살아나올 수 있었던 것은 가족의 사랑 덕분이었다. 라디오 방송으로 끝까지 힘을 준 아내와 아직 어린 딸이 보내는 사랑의 힘이었다. 영화의 마지막 장면이 인상 깊다. 터널에서 구사일생한 주인공은 이후 터널을 지날 때마다 긴장한다. 그리고 그때마다 아내는 손을 꼭 잡아 준다. 나는 아이에게 영화 이야기를 해 주며, "지금 우리도 그 터널에 있어. 그래서 조금 힘든 거야. 그런데 아빠랑 엄마랑 우진이랑 함께 힘을 모으면 우리는 그 터널을 빠져나갈 수 있겠지? 그러니 걱정하지 마. 엄마가 더 힘을 내 볼게."라고 했다. 그리고 꼭 안아 주었다. 그러자 아이가 해맑게 말했다. "엄마! 힘내요. 사랑해요." 흐르는 눈물을 참을 수가 없었다.

고난이 닥칠 때마다 나는 굉장히 극단적으로 사고하는 편이다. '안 되면 말지 뭐. 까짓것 죽으면 그만이지.'라는 생각으로 곧장 달려 나간다. 그러고는 순식간에 고난을 헤쳐 나갈 의욕을 잃는다. 나를 소중히 대하고, 나를 살리려는 의지가 부족했다. 나에게는 너무나 사랑스러운 아이와 나를 사랑해 주는 남편이 있는데도 말이다. 어쩌면 남편 말대로 감정 조절이 안 된다는 핑계를 대고 있는지도 몰랐다. 아이에게 〈터널〉을 빗댄 이야기를 하고 나서 일어서야겠다는 생각이 들었다. 감정과 부정적인 생각에 이끌려가지 말자고 다짐했다.

살다 보면 모든 걸 포기하고 싶을 때가 있다. 그럴 때 내가 생각한 건 '가족'이었다. 가족을 생각하면 조금 더 버틸 수 있고, 끝내 이겨 낼 수 있었다. 기쁜 순간은 내가 행복할 때도 찾아오지만, 더 큰 기쁨은 내 가족이 행복할 때 찾아온다.

# 직장 상사에게
# 상처받은 이유

당신에겐 아무 문제가 없다.
당신에게 문제가 있다고 말하는 사람에게
문제가 있을 뿐이다.
_ 비벌리 엔젤(Beverly Engel), 《좋은 부모의 시작은 자기 치유다》 중에서

공황장애를 앓게 되기까지 이런저런 스트레스가 작용했겠지만, 직장 상사에게 받은 상처가 가장 컸던 것 같다. 그 사람은 뭐랄까. 대화하다 보면 대화의 폭이 좁았다. 뉴스도 안 보고, 영화도 안 보고, 여행도 안 다니고, 책도 안 읽는 사람이었다. 매일 아이의 성적과 저녁 반찬거리, 집값이 얼마나 올랐는지에 대한 이야기뿐이었고 매일 인터넷으로 자기 아파트의 집값을 확인했다. 그러던 어느 날 내가 독서 모임에 간다고 하자, 그녀는 놀란 토끼 눈을 하며 말했다. "생각할 게 얼마나 많은데 그런 걸 해요?" 그렇게 그녀는 나를 순식간에 쓸데없는 일을 하는 사람으로 만들었다. 또 어느 날은 입사한지 얼마 안 되어 일이 익숙하지 않은 것을 뻔히 알면서도 지켜보다가 한마디했다. "그러니까 신중해야 해요." 이번에는

어느 날, 나에게 공황장애가 찾아왔습니다

나를 순식간에 경솔한 사람으로 만들었다. 그리고 내가 즐거웠던 이야기를 하면, "나도 그렇게 살아야 하는데."라며 시무룩해했다. 나는 그녀 앞에서 점점 즐겁고 긍정적인 이야기보다 부정적인 이야기를 하게 되었다. 그래야 그녀의 기분이 좋아지니까. 그녀는 또 말을 뱅뱅 돌려서 했다. 솔직한 심정을 바로 말하기보다 내 입에서 자기가 원하는 말이 나오도록 자꾸 유도했다. 나는 점점 피폐해지고 피가 말라갔다.

그녀는 개인적인 질문도 서슴지 않았다. 그러면 나는 내 치부일지언정 바보처럼 또 곧이곧대로 답했다. 그런데 내가 같은 질문을 하면 그녀는 웃음으로 때우며 자기 이야기를 하지 않았다. 마치 나와 비교하며 자신의 행복을 확인하는 사람처럼 말이다.

그녀와 대화할수록 상처투성이가 되는 걸 뒤늦게 알았다. 이후 나는 하고 싶은 말이 불쑥 올라와도 입을 꾹 다물었고, 사적인 대화는 전혀 하지 않았다. 그러다가 위경련이 오고, 공황장애가 왔다. 내가 그녀와 관계 맺는 것을 어리석었다고 판단한 건 공황장애의 지옥에서 조금씩 빠져나와 정신을 차렸을 무렵이었다. 그리고 입을 닫고 지내는 걸로 굉장한 스트레스를 받은 나를 보며, 내가 대화하는 걸 참 좋아하는 사람이라는 걸 깨달았다.

《명심보감》의 〈치가(治家)〉 편 사마광의 이야기에 '사람을 만날 때는 삼 할만 이야기하고, 진짜 속마음을 전부 털어놓지 않아야 한다. 호랑이 세 마리의 입을 두려워 말고, 오직 사람의 두 가지 모습을 두려워하라'라는 구절이 있다. 이 구절을 읽으며 나는 순수한 마음으로 말해도 상대는 그렇지 않을 수 있다는 걸 알았다. 나는 조금 수다스럽고 할 말과 하지 않아야 할 말을 구분하지 못하는 사람이기도 했다. 누구에게나 속마음을 쉽게 털어놓고 삼 할이 아니라 열 할을 말했다. 그게 나의 패턴이었다. 내가 직장 상사에게 상처받은 것은, 아무에게나 내 마음을 털어놓은 것에 대한 벌, 말을 섞지 않아야 할 사람을 알아보지 못한 것에 대한 벌이었다.

사람은 자신의 습관을 나름대로 패턴화시킨다. 무의식적인 행동이다. 그런데 패턴이 잘못되어 있으면 특정 환경이나 상황, 사람을 만났을 때 문제가 생긴다. 나는 그간 내 패턴대로 지내오면서 인간관계로 상처를 받거나 문제가 생긴 적이 없었지만, 이번에는 아니었다. 내 패턴 어딘가에 문제가 있었기에 특정한 사람을 만나 큰 문제가 발생한 것 같았다. 나는 이 패턴을 수정해야 했다. 간혹, 직장에서 문제가 있어 이직했는데 같은 문제가 반복된다거나, 친구나 연인 관계에서 비슷한 문제로 다투고 이별하게 된다면 생각

어느 날, 나에게 공황장애가 찾아왔습니다

의 패턴을 수정할 필요가 있다. 운이 없다든지 삼재라는 말로 합리화할 게 아니라, 생각 패턴을 점검해 보라. 상대가 정말 못되고 이상한 사람일 수 있다. 이런 사람에게 내 패턴대로 대하면 결국 상처받는 건 나다. 특히 나처럼 말을 너무 많이 하는 사람이라면, 상대를 봐서 말수를 줄일 줄도 알아야 한다. 남의 부탁을 거절하기 어려워하는 사람이라면 정중히 거절하는 법을 배워야 하고, 나를 함부로 하는 사람에게는 일침을 가할 줄도 알아야 한다. 자신의 패턴을 생각해 보고, 인지하라. 그래야 상처받지 않는 법도 알게 된다.

# 나를 지킬 수 있는
# 사람이 아이를
# 지킬 수 있다

제가 지혜를 모르면 여러분에게 무지를 가르칠 따름입니다.
기쁨을 모르면 절망을 가르칠 따름입니다.
자유를 모르면 여러분을 새장 안에 가둘 따름입니다.
하지만 제가 가지고 있는 것이라면 무엇이든 여러분께 드릴 수가 있습니다.
무엇인가를 드리려면 먼저 제가 가지고 있어야 합니다.
_ 레오 버스카글리아(Leo Buscaglia), 《살며 사랑하며 배우며》 중에서

내가 직장 상사에게 상처받은 이유 중 다른 하나는, 상사가 나에게 상처 주는 말을 해서가 아니다. 거슬리는 말을 듣고도 내색하지 못하고, 누가 봐도 화낼 일에 침묵했기 때문이다. 한마디로 나는 나를 지킬 힘이 전혀 없었다. 나는 할 말과 하지 말아야 할 말을 구분할 줄 알아야 했고, 거슬리는 말에는 조금이라도 표현해야 했고, 누가 봐도 화낼 일에는 화를 냈어야 했다. 남이 나를 함부로 대하게 두어서는 안 되었다. 그리고 나는 공황장애 덕분에 인간관계에서의 나의 패턴을 의식하고 바꿀 수 있었다.

공교롭게도 이직한 곳에서도 비슷한 사람을 만났다. 이전 같으면 왜 나에게 이런 고난이 연달아 생길까 신세를 한탄했겠지만, 이

번에는 적극적으로 문제에 직면했다. 이 사람은 교묘하게 일을 자신에게 유리한 쪽으로 진행하고, 논리가 안 맞는 말을 해 가며 자신의 입지를 지켰다. 물론, 나는 웬만한 것에는 그녀에게 맞춰 주었다. 존중하려 노력했다. 그러나 과한 부당함을 느꼈을 때는 확실히 표현했다. 일을 은근히 나에게 몰아주려고 하면 표를 만들어 정확히 일을 배분했다. 이후 그녀는 이상한 계략을 쓰지 않았다. 병원이 바빠지자 그녀는 퇴사 의사를 밝혔다. 그러고는 새로 들어온 직원에게 인수인계하며 이 병원이 얼마나 안 좋은지에 대해 설파했다. 그럴 때마다 나는 새로운 직원에게 그녀의 말에 현혹되지 말라며 잡아 주었다. 그리고 그녀는 근무 마지막날 나에게 소리를 쳤다. "8번이요! 8번! 귀를 열고 있어요! 내가 왜 그만두는지 알아요? 허 선생 때문이야! 허 선생! 허 선생은 자기주장이 너무 강해!" 나는 그 말에 정말 화가 났다. 지금껏 참아 준 게 누구인데 싶어서 지지 않고 받아쳤다. "아이고! 선생님만큼 할까요!"

그렇게 그녀와 나는 작별 인사도 없이 이별했다. 예전 같으면 나는 분명 타인에게 굉장히 미안해하며 사과했을 것이다. 후회하고 자책했을 것이다. 그런데 이번에는 전혀 미안하지 않았다. 나는 분명 일하는 내내 그녀를 존중하고 배려했다. 그걸 몰라주고 나에게 섭섭해하는 건 그녀의 감정이지 나의 감정은 아니라는 생각이 들었다. 내가 받아친 말은 충분히 할 수 있는 말이라는 생각도 들었다. 이날 "선생님만큼 할까요!"라고 소리친 것은 지난날 누군가가 나를 공격해도 아무 말 못 하던 내가 많은 성장을 했다는 방증이었으며, 나를 지키는 힘이 생겼다는 증거였다.

그간 아이를 지켜 주지 못한 것도 내가 나를 지킬 수 없었기 때문이었다. 지금이라면 아이가 따돌림 당했다는 사실을 알았을 때 가해자의 엄마들에게 전화해 정중히 사과를 요구했을 것이다. 그러나 나를 지킬 힘조차 없던 당시에는 그런 생각조차 떠오르지 않았다.

어느 날 아이가 말했다. "엄마, 사서 선생님이 자꾸 내가 빌려가지도 않은 책을 반납하래. 책 없어지면 돈 내야 한다고." 자세히 들어보니, 아이들 사이에서 인기가 많은 시리즈물 신간이 학교 도서관에 들어왔는데, 누군가가 아이 이름으로 빌려간 뒤 반납하지 않은 것 같았다. 나는 아이 눈을 똑바로 보고 말했다. "너 진짜지? 혼날까 봐 거짓말하는 거 아니지? 엄마 믿어도 되는 거지?" 그러자 아이는 절대 거짓말이 아니라며, 그 책을 본 적도 없고 내용도 모른다고 했다. 그래서 다음 날 나는 학교 도서관에 찾아가 자초지종을 이야기했다. 그러나 돌아오는 말은 "우진이가 너무 재미

있어서 아이들이랑 돌려 보다가 잃어버렸을 수도 있어요. 그걸 잊었을 수도 있고요."였다. 책값은 얼마든지 배상할 수 있지만, 나는 굉장히 불쾌했다. "그러면 저희 아이가 거짓말하는 아이라는 건가요? 그건 아니죠!" 내 언성이 높아지자, 옆에 있던 다른 사서가 누가 반납할 수도 있으니 조금 더 기다려 보자고 정중히 말했다. 나는 마지막으로 덧붙였다. "미납은 풀어 주세요. 아이가 책 대출도 못하고 있어요." 그렇게 나는 아이의 입장을 설명하고, 문제를 해결했다. 진실은 아무도 모른다. 그러나 나는 나를 지키는 힘으로 아이를 지켰다. 예전 같으면 상상할 수 없는 모습이었다. 굉장한 변화였다.

김미경 씨의 강의 영상을 보다가, 정말 내 아이가 그 책을 빌렸는데 거짓말하는 건 아닐까 하는 의심한 적은 있다. 명절에 친척이 모두 모인 김미경 씨의 집에서 돈이 없어진 일이 있다고 한다. 그런데 모두 김미경 씨의 아들을 의심했고, 아들은 절대로 자신이 가져간 게 아니라며 절규했다. 김미경 씨는 너의 말을 믿는다고, 남들이 뭐라 해도 나는 너를 믿는다고 진정시켰다. 그런데 먼 훗날 아들이 유학하며 편지를 보내왔는데, 거기에는 그 돈을 훔친 사람이 자신이라고 써 있었다고 한다. 자신이 가져간 게 맞지만, 망설임 없이 모두 자신을 지목한 게 너무 싫었다고. 나는 이 영상을 보고 아들에게 조심스레 다시 물었다. "우진아, 너도 김미경 씨 아들처럼 그런 건 아니지? 사서 선생님이 네가 빌린 걸 잊었을 수도 있다고 하더라고." 그러자 아들이 말했다. "내가 치매야?" 진실은 모른다. 그러나 답변은 그걸로 충분했다. 나는 그날 이후로 아들을 향한 의심과 지난날 나를 지키지 못했던 어리석음을 모두 떨쳐냈다.

# 절망을
# 다른 시선으로
# 보기

카드를 나눠 주는 건 운명이지만,
그 카드를 내는 건 우리다.
_ 랜디 포시(*Randy Pausch*)

공황장애를 겪으며 나는 나에 대해 온전히 알게 되었다. 그중 정확히 알게 된 사실이 하나 있다. 나는 문제가 생기면 그간 해온 모든 일을 잊거나 의미 없는 일로 치부해 버린다는 사실이었다. 예를 들어, 아이가 자신을 쓸모없는 사람이라고 말했을 때 나는 아이를 나처럼 자존감 없는 사람으로 키우지 않겠다고 해온 다짐과 노력을 모두 무의미하게 여기고, 그로 인해 절망감에 빠졌다. 부분을 전체로 확대해 스스로를 어두운 동굴에 가둔 것이다. 이때, 밀란 쿤데라의 《자크와 그의 주인》의 머리말인 변주 서설을 읽으며 그도 나처럼 절망에 빠진 적이 있다는 것을, 그리고 그것을 극복했음을 알게 되었다.

《자크와 그의 주인》은 밀란 쿤데라가 18세기 프랑스의 작가 드니 디드로의 《운명론자 자크와 그의 주인》을 모티프로 해 쓴 희곡 형식의 소설이다. 시종일관 가볍고 유쾌한 소설이기도 하다. 밀란 쿤데라는 체코슬로바키아에 살던 시절, 러시아의 침략으로 모든 책을 금서로 지정되는 고난을 겪었고, 생활을 꾸릴 만한 합법적인 일도 얻을 수 없어 무척 고생했다. 그 절망의 시간 속에서 그는 드니 디드로의 가볍고 큰 소리로 떠드는 듯한 소설에서 큰 위로를 받았다고 한다. 그의 변주 서설은 이러하다.

*1968년 러시아 침략을 비극으로 체험한 것은 박해가 너무 잔인해서가 아니라, 이젠 모든 게(다시 말해 나라의 본질까지, 그 서양적 특성까지) 영원히 끝장났다고 생각했기 때문이다. 나는 이런 절망 속에 빠진 체코 작가가 본능적으로 이렇게 자유롭고, 이렇게 진지하지 않은 디드로의 소설 속에서 위로를, 지지를, 숨 쉴 여유를 찾았다는 사실이 많은 걸 얘기해 준다고 생각한다.*

국가가 침략당한 상황에서 밀란 쿤데라는 국가의 본질에서 서양적 특성까지 모두 끝장났다고 생각했다. 그러다가 드니 디드로의 '그야말로 가벼운' 소설에서 위로와 지지, 여유를 되찾았다. 나는 '아! 쿤데라는 모든 게 끝장났다고 생각하는 상황에서 힘겨워하다가 디드로의 가벼움에서 숨 쉴 여유를 찾았구나.'라고 생각했다. 거대한 역사의 흐름 속에서 한 개인의 깨달음은 곧 나의 깨달음이 되었다. 다시 과거의 나를 되돌아보았다. 그제야 그간 내가 얼마나 진지하고 무겁게 생각하며 살아왔는지 알았다. 망막색소변성증으로 시력을 잃은 틴틴파이브의 이동우 씨 이야기도 생각났다. 오랫동안 진행해 오던 라디오 프로그램에서 하차한 것을 심각하게 받아들이던 이동우 씨가 딸에게 하차 사실을 고백했는데, 딸이 "그래서?"라고 가볍게 받아친 것이다. 이에 이동우 씨는 유쾌함을 되찾고 쿨하게 "아니, 뭐 그렇다고."라고 답했다고 한다. 그리고 그는 딸의 가벼운 반응에 큰 힘을 얻었다고 밝혔다. 당시 어떤 마음으로 아빠에게 그리 대답했냐는 질문에 딸은 아빠가 직업을 다 잃은 것도 아니고, 재주도 많은데 별일 아니라고 생각했다고 한다.

밀란 쿤데라와 개그맨 이동우 씨, 그리고 나. 이 세 사람이 공통으로 느낀 건 '절망'이다. 철학자 키르케고르는 절망은 언제나 자신에 대한 절망에 불과하다고 말했다. 쉽게 말해 '절망은 내가 나이기를 원하지 않는 것, 지금과 같은 자아를 갖고 싶지 않은 마음 상태, 자신으로부터 벗어나고 싶어 하는 욕망'이라는 것이다. 예를 들어 '1등 아니면 아무것도 바라지 않는다'라는 목표를 세운 사람은 1등을 하지 못하면 그 때문에 절망한다. 1등이 되지 못했기 때문이 아니라, 1등이 자신이 아니라는 걸 견디지 못하는 것이다. 우리는 어떤 일을 받아들일 때 무겁게 받아들일지 가볍게 받아들일지, 절망할지 희망을 가질지 선택할 수 있다. 1등이 아닌 내가 싫어 절망에 빠졌다면 또 다른 나를 선택하면 된다. 1등을 하지는 못했지만 '건강한 몸을 가진 나'를 선택할 수도 있는 것이다.

밀란 쿤데라와 이동우 씨처럼 내가 받아들인 무거움은 어쩌면 내가 그렇게 선택했기 때문일지 모른다. 앞으로는 무거움을 선택할 때마다 자신에게 물어야겠다. "그래서? 그게 뭐 어쨌다는 거지?" 그럼 난 이렇게 답하련다. "뭐, 그냥, 그렇다고."

# 아물지 않은
# 아이의 상처

힘든 시절을 겪은 아이들은 깊이가 곧 높이가 된다.
_ 김미경, 《엄마의 자존감》 중에서

어느 날 아이가 물었다. "엄마, 스파게티 맛이 나는 똥을 드시겠어요, 똥 맛이 나는 스파게티를 드시겠어요?" 둘 다 안 먹겠다고 하자 꼭 골라야 한단다. "똥을 먹느니, 똥 맛이 나는 스파게티가 낫겠다." 이 말에 아이는 웃으며 다른 질문을 했다. "과거를 바꾸시겠어요, 미래를 살짝 보고 오시겠어요?" 나는 미래를 살짝 보고 오겠다고 했다. 그러자 아이는 과거를 바꾸겠다고 한다. "어떤 과거를 바꾸고 싶은데?"라고 묻자 아이가 말했다. "1학년 때 안 좋은 기억을 다 바꾸고 싶어요."

2년의 세월이 지났다. 그런데도 아이의 마음 한 구석에는 아물지 않은 상처가 있나 보다. 가슴이 아팠다. "내가 친구들에게 그랬다는 게…" 아이는 말을 덧붙이며 눈물을 흘렸다. 알고 보니, 따돌림을 당한 상처가 아니라, 친구들을 때린 행동에 대한 기억에 힘들어하고 있었다. 자책하는 아이에게 이야기했다. "우리 우진이가 그때의 기억에 많이 속상하구나. 그건 엄마가 전에도 말했듯이, 엄마와 아빠가 너를 잘 돌보지 못해 생긴 일이야. 아이들은 힘들다는 표현을 말로 잘 못 하거든. 그러니까 우진이 잘못이 아니야."

지난날의 기억으로 자책하고 슬퍼하는 아이를 위해 나는 어떤 말을 해 주어야 할까. 어린 시절, 부모에게 위로나 조언을 받아 보지도 않았고 나를 잘 돌보는 사람이 아니던 나는, 아이에게 어떤 말을 해 주어야 할지 난감한 적이 많았다. 그러나 이번에는 아이에게 해 줄 말이 있었다. 김미경 씨의 《엄마의 자존감》에서 인상 깊은 구절이 떠올랐다. "힘든 시절을 겪은 아이들은 깊이가 곧 높이가 된다."

김미경 씨는 아들이 학교를 자퇴하고 방황하다 다시 일어선 일을 깊은 지하로 들어갔다가 지상 2층으로 올라왔다고 표현했다. 겉으로 보기엔 2층 높이밖에 되지 않지만, 지하까지 합하면 12층이라면서 말이다. 나는 손으로 그 크기를 가늠해 보여 주며 아이에게 말했다. "우진이가 상처받은 깊이가 이만큼이라면 그 깊이만큼 네가 성장한 거야. 그리고 우진이는 깊이 떨어져 본 적이 있어서 이제는 뿌리가 아주 튼튼한 사람이 된 거야." 그러자 아이가 공책에 그림을 그리며 내가 해 준 말을 정리했다. "자, 그러니까 내가 1m 깊이의 상처를 받았다고 치면, 이만큼 성장한 거네?" 나는 지난날 인간관계로 인해 힘들었던 일도 이야기해 주었다. "엄마는 작년에 일하면서 엄마를 아주 힘들게 하는 사람을 만났는데 그 사람이 엄마에게 상처 주는 말을 해도 받아치지 못하고 속으로만 끙끙 앓다가 병이 났어. 그런데 이번 직장에서도 또 그런 사람을 만난 거야. 그런데 이번에는 엄마가 논리적으로 다 받아쳤어. 그랬더니 더는 엄마에게 상처 주는 말이나 부당한 행동을 안 하더라고. 그 사람은 일을 그만둬 버렸어. 작년에는 힘들다고만 생각했는데, 이번에는 엄마를 지킬 힘을 얻은 것 같아. 엄마도 상처받은 만큼 성장한 거지." 아이는 내 말이 끝나자 다시 공책에 이야기를 정리했다. 엄마라며 대충 단발머리 여자를 그리고 난 뒤, 이렇게 적은 것이다. '처음에 마음이 맞지 않는 사람 만남. 반박 못 함. 저번 일을 경험 삼아 이번에 힘들게 한 사람을 빡치게 해서 회사를 그만두게 함' 빡치게 해서라는 말에 나는 얼마나 웃었는지 모른다. 이게 그렇게 해석되는 이야기인가. 그런데 아이가 쓴 마지막 문장을 보고 웃음이 멈추었다. '경험은 똑같은 일에 버팀목이 된다' 나는 놀란 표정으로 아이에게 엄지를 추켜세워 주었다. 아이가 잠시 뿌듯해하더니, 곧 시무룩해지며 말했다. 그래도 1학년 때를 생각하면 기분이 많이 안 좋다고 말이다. 그러고는 다시 해맑게 웃으며 말했다. "하지만 또 그럼 나는 성장하는 거지!" 끝이 안 보이는 터널에 갇힌 것 같던 지난날을 통해 내가 아이에게 조언과 위로를 해 줄 수 있음이 기뻤다. 똥 맛 스파게티로 시작된 질문은 장장 두 시간이 넘도록 지구 멸망에 대한 이야기로까지 이어졌다. 아이와 이렇게 오래 대화한 건 처음이었다. 나는 이날을 블로그에 모조리 적었다.

아이가 말했다. "엄마, 나는 엄마가 내 엄마라는 게 자랑스러워." 그토록 좋은 엄마가 되고 싶었던 나에게 단비와 같은 말이었다. 지난날들의 고통이 모두 씻겨 내려가는 것 같았다. 부모라면 누구나 어떻게 아이에게 조언과 위로를 건넬지를 고민한다. 이때 필요한 건 고난을 이겨 낸 경험과 간접 경험인 독서다. 나에게 닥친 고난과 최선을 다해 헤쳐 나간 경험은 고스란히 아이에게 들려줄 수 있다. 그러나 경험에는 한계가 있다. 독서가 필요하다. 지식은 쌓고 지혜는 얻어야 한다. 부모는 아이보다 몇십 년은 더 산 존재가 아닌가. 어떻게든 용기와 위로를 줄 수 있어야 한다.

# 공황장애가
# 나에게 준 선물

자기 안에 카오스가 있어야
춤추는 별을 낳을 수 있다.

_ 니체(*Friedrich Wilhelm Nietzsche*)

## 공황장애는 나에게 초코를 선물해 주었다

친구에게 전화가 왔다. 뜬금없이 강아지 키울 생각 있느냐고 묻는다. 반가운 말이었다. 동물을 그다지 좋아하지 않는 남편도 이번에는 나와 아이를 위해 강아지를 키우기로 결심해 주었다. '초코(갈색 푸들이라 이름을 이렇게 지었다)'를 선물 받은 건, 한창 공황장애로 힘들어하던 때에 받은 신의 선물이었다. 당시, 나는 새벽 6시만 되면 눈이 딱 떠졌다. 그래서 매일 아침 두 시간가량은 초코와 시간을 보냈다. 강아지를 쓰다듬으면 사람과 강아지 모두에게 옥시토신 호르몬이 나와 편안함과 친밀감, 애정을 느끼게 한다. 내가 공황장애를 극복하는 데에 우리 집 반려견 초코의 영향도 분명 있지 않을까 싶다.

요즘은 초코를 보며, '지금이 네 살이니까 길어야 십수 년 정도 함께할 수 있겠지. 이 감촉과 무게, 냄새, 온기 모두 그리울 거야.'라고 생각한다. 서글퍼진다. 인간의 삶도 유한하다. 내가 지금 함께하는 우리 가족과도 영원을 기약할 수 없는 걸 알면서도 왜 이렇게 현실에서는 자각하고 살지 못하는지 모르겠다. 지금 이 글을 쓰는 이 순간, 우리 초코가 내 품에 안겨 온기를 내뿜는다. 반려동물은 신이 이 순간을 충실히 살라고 보낸 선물임이 틀림없다고 느껴진다. 너무도 간사한 나지만, 이 글을 쓰는 순간만큼은 나의 유한한 삶을 각성해 본다.

공황 발작을 겪고 나니, 나에게 그리고 우리 집에 꼭 죽음의 그림자가 드리운 것 같았다. 이 어둡고 우울하고 무거운 기운을 밝고 활기차고 가볍게 만들고 싶었다. 생명의 힘이 넘쳐나게 만들고 싶었다. 그 일환으로 나는 식물을 키우기 시작했다. 죽이려 해도 잘 죽지 않는다는 식물마저 저 세상으로 보내는 사람이 나다. 그러나 지금은 어느 정도 노하우도 생기고, 재미도 붙였다. 괜히 건드려 죽게 만드는 거 아닌가 싶던 분갈이도 척척하고, 이 과정을 블로그에 올리니 하루 백 명 남짓이던 블로그 방문자 수가 오백 명으로 늘었다. 유명한 식물 블로거에게 씨앗을 나눔 받아 키우고, 다음 해에 나도 다른 식물 블로거에게 씨앗을 나눔 하기도 했다. 일상의 소소한 즐거움을 느끼고, 취미가 생기니 점점 활력이 생겼다. 그리고 이제는 죽어가는 식물도 살릴 정도로 금손이 되었다.

처음 가지치기를 할 때는 아깝고 잘리는 가지들이 안타까웠다. 마치 바뀌지도 않을 과거에 집착해 미련을 갖는 내 모습 같았다. 그러나 과감하게 가지를 치자 과거를 향한 내 마음도 가벼워졌다. 실제로 식물을 가꾸면 자존감이 높아지고, 우울증과 불안감이 완화된다. 그 예로 교도소에서 식물을 가꾸는 수감자는 재범률이 낮고, 식물을 키우는 비행 청소년은 폭력성이 줄어든다. 공황장애를 이겨 내는 데도 식물 키우기가 좋다. 식물은 반려동물과 마찬가지로, 내 감정이 어떠하든 늘 한결같이 있어 주었다. 언제나 내가 보여 준 관심보다 더 큰 보답을 해 주었다.

## 공황장애는 나에게 비행 공포증을 없애 주었다

언제부턴가 비행기를 타면 불안해졌다. 비행기가 기류를 만나 흔들릴 때마다 추락하는 건 아닌지 두려웠다. 싱가포르 여행으로 비행기를 탔을 때다. 엔진을 바꿔야 한다며 다섯 시간이나 연착한 비행기에 불안한 마음으로 다시 올랐다. 그런데 화장실을 다녀오다가 기류를 만난 비행기가 흔들리고 승무원이 쪼그려앉아 쩔

쩔매고 있는 모습을 보자 극도로 불안해졌다. 순간 내 머릿속에는 비행기가 추락하는 상상으로 가득해졌다. 이후 나는 신경 안정제를 먹지 않으면 비행기를 탈 수 없게 되었다. 그러나 공황장애를 거의 극복할 즈음 떠난 보라카이 여행에서는 신경 안정제 없이도 비행을 할 수 있게 되었다. 10kg짜리 아령으로 운동하다가 1kg짜리 아령으로 바꾼 느낌이랄까. 공황 발작으로 죽을 것 같은 공포를 느껴 본지라 비행 공포 정도는 아무것도 아니었다.

## 공황장애는 아이와 함께하는 시간을 늘려 주었다

공황 발작으로 인한 퇴사 후 자연스럽게 아이와 함께하는 시간이 늘었다. 자주 욱하던 나는 아이에게 늘 미안한 마음이었으므로, 상냥한 엄마가 되어 주기로 했다. 함께 게임을 하고, 산책하고, 영화를 보았다. 그리고 선생님에게 처음으로 긍정적인 피드백을 들었다. "어머님, 우진이를 어떻게 대하셨어요? 1학기 때와 너무 달라져서 놀랐어요. 많이 밝아지고 잘 지내고 있어요." 이 말을 듣고 얼마나 기뻤는지 모른다. 잘 지내고 있다는 말이 나에게는 사막에 표류한 사람이 애타게 찾던 물 한 방울처럼 느껴졌다. 아이와 함께하는 시간이 늘고 친절한 엄마가 될 수 있는 시간은 나에게 절실히 필요했던 시간이었다.

## 공황장애는 내 안의 내면 아이를 마주하게 했다

공황장애를 겪고 나는 인생을 거시적인 안목으로 볼 수 있게 되었다. 내가 너무 진지하게 살았다는 것, 여유 없이 살았다는 것, 내가 만든 틀 안에서 계속 허덕이고 있었다는 걸 깨달았다. 그게 이다지도 힘든 일이었을까. 도대체 왜 나에게 마음의 병이 자꾸만 생기는 걸까 궁금했다. 나에 대해 조금 더 알고 싶어 의도적으로 심리학 서적들을 찾아 읽었다. 그러다가 내면 아이를 만나게 되었고, 치유의 기적을 경험했다. 처음 공황 발작을 겪었을 때는 억울했다. 죄지은 것 없이 벌을 받는 느낌이었다. 그러나 전화위복이다. 나는 공황장애로 인해 나를 돌아보며 나에 대해 정의할 수 있게 되었다.

지금 누군가 나와 같은 일을 겪고 있다면, 모든 걸 포기하지 않았으면 한다. 희망의 끈을 놓지 말자. 위기는 더 나은 삶, 더 나은 나를 만들어가는 과정이라 여겼으면 한다. 삶의 위기에서 얻는 교훈이야말로 가장 값진 교훈이다.

# PART 4

# 내면 아이를
# 만나다

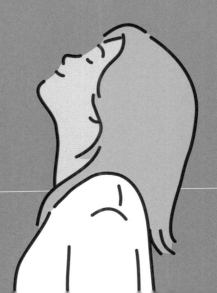

# 내면 아이와의 첫 만남

독서는 충만한 인간을 만들고, 토론은 준비된 인간을 만들며,
글쓰기는 완전한 인간을 만든다.

_ 프랜시스 베이컨/*Francis Bacon*

아이와 무얼 하고 놀아 줘야 할지 모르겠을 땐 주로 그림책을 읽어 주었다. 책을 읽어 주면 아이는 반짝이는 눈으로 집중했다. 아이가 스스로 책을 읽기 전까지 수천 권은 읽어 준 것 같다.

아이가 네 살이 되었을 때 다시 직장에 다니기 시작했다. 아이는 출근하는 나를 보며, 엄마는 자기보다 일을 더 좋아한다며 엉엉 울었다. 이 상황을 어떻게 설명해야 할까 고민하다가, 나는 그림책처럼 이야기를 만들어 들려주었다. 어떤 아이가 판타지적인 인물을 만나서 엄마와 아빠가 일하는 모습을 구경하고 돌아오는 이야기였다. 개연성 따위는 없었지만 그래도 효과가 있었다. "나랑 똑같은 아이가 있네?" 아이는 책 속 인물과 자신을 동일시하며 위로를 받고, 엄마가 사랑하는 건 일이 아니라 자신이라는 걸 받아들

이는 듯했다.

그때부터였다. 문득 나도 아이들을 위한 글이 쓰고 싶어졌다. 그래서 '어린이 책 작가 교실'이라는 곳에서 동화 쓰기 6개월 과정과 2년의 습작기를 거치고, 운 좋게도 샘터상 동화 부문 가작으로 꼽히는 행운도 얻었다. 그러나 동화 쓰기는 나의 어린 시절을 끊임없이 마주해야 하는 고통이기도 했다.

다섯 살 무렵, 나는 자주 집에 혼자 남겨졌다. 부모님은 일을 나가시고 언니와 오빠는 학교에 갔기에, 나는 늘 혼자였다. 나는 매일 고독과 외로움, 공허함을 느꼈다. 엄마를 기다리고 기다리다 참을 수 없게 되면 양손을 모아 기도했다. "엄마가 빨리 오게 해 주세요." 신기하게도 내가 이렇게 기도하면 엄마가 왔다. 이런 나의 어린 시절의 기억을 접목해 쓴 동화가 《골목길》이다. 엄마를 일찍 여의고, 아빠와 단둘이 사는 열두 살 소녀가 끝없이 이어진 좁은 골목길의 끝에서 자신의 어린 시절을 마주하고, 억압되어 있던 감정인 슬픔을 치유한다는 이야기이다. 그리고 실제로 나는 이 이야기를 쓰며 치유를 경험했다. 다섯 살 무렵, 엄마를 애타게 기다리며 기도하던 모습이 떠오를 때마다 마음이 무겁고 아렸지만 지금은 괜찮다. '그래, 그때 그랬지.' 정도로 끝날 뿐이다. 글을 쓰면 치

어느 날, 나에게 공황장애가 찾아왔습니다

유된다는 말이 이거구나 싶었다.

수년이 지난 지금, 그 치유는 바로 '상처받은 내면 아의 치유'였다는 걸 안다. 부부싸움을 하고 시댁으로 도망갔다가, 시어머니가 해 준 "너도 소중하단다."라는 말에 오열했던 것도 내면 아이 치유였다. 나도 모르게 내 안에 크게 자리 잡고 있던 상처받은 내면 아이를 하나하나 치유하는 과정은 나에게 가장 값진 시간이었다.

내면 아이란, 우리의 정신 속에서 어린아이의 모습으로 하나의 독립된 인격체처럼 존재하는 또 하나의 나를 말한다. 사람에게는 보편적인 발달 과정이 있다. 예를 들어, 돌 즈음에는 낯을 가리기 시작하고, 18~36개월에는 뭐든 자신 스스로 하려는 제1반항기가 온다. 흔히 '미운 네 살'이라고 부르는 시절이다. 그리고 자신이 누구인지에 대해 생각하기 시작하는 사춘기도 온다. 그러나 이러한 각 발달 단계에서 충족되어야 할 욕구들이 충족되지 못한 채 어른이 되면, 내면의 미처 자라지 못한 내면 아이가 자꾸 삶을 지배하며 좋지 않은 영향을 미친다. 물론, 시기별로 받아야 할 욕구 충족은 부모에게 받았어야 한다. 어린 시절, 부모에게 충분한 인정과 칭찬을 받지 못하고 자란 사람은 어떠한가? 일반화할 수는 없지만, 타인의 인정과 칭찬에 집착한다거나, 욕구를 채우려다 중독이나 강박증이 생길 것이다. 존 브레드쇼 또한,《상처받은 내면 아이 치유》에서 '우리의 인간관계에서의 성공과 실패는 어린 시절의 각 단계를 우리가 얼마나 잘 거쳤는가에 달려 있다'라고 말한 바 있다. 어린 시절을 어떻게 보냈는지가 한 사람에게 얼마나 큰 영향을 주는지 보여 주는 대목이다.

어느 날, 물건을 정리하다가 대학교 시절 쓰던 다이어리를 발견했다. 거기에는 '미칠 것 같다, 나는 왜 이런 기분을 느끼지? 왜 이렇게 우울하지? 어른이 되어도 죽고 싶은 마음이 사라지질 않는다' 등의 말이 무수히 써 있었다. 어릴 때부터 나는 감정적인 부분 때문에 힘들었다. 이런 취약한 부분은 아이를 키우며 더 활개를 쳤다. 육아 서적 수십 권을 읽고 실천해도, 심리 서적을 읽고 마음을 안정시키려 노력해도 그때뿐이었고, 결국 나는 또 감정의 소용돌이 속으로 빨려 들어갔다. 그러나 내면 아이 치유를 시작하면서 감정적인 부분이 좋아지기 시작했다. 내가 그간 해온 노력은 깊이 곪은 상처의 겉면에만 약을 바른 거나 다름없었다. 약을 발라 봤자, 내 안에 깊이 자리 잡은 상처받은 내면 아이는 치유될 수 없었다. 곪은 상처는 고름을 짜내서 새살이 돋아야만 낫는다. 내가 감정적으로 힘들지 않으려면, 깊이 곪은 상처인 상처받은 내면 아이를 치유하는 게 관건이었다.

내면 아이는 누구에게나 있다. 눈을 감고 생각해 보라. 어린 시절을 떠올리면 유독 가슴 아픈 장면이 있는가? 그때로 돌아가 그 감정을 그대로 느껴 보자. 그리고 글을 쓰자. 나처럼 동화로 써도 좋고, 어린 시절의 나에게 편지를 써도 좋고, 감정 그대로를 써도 좋다. 개연성, 맥락, 맞춤법 모두 중요하지 않다. 오로지 내가 지금 느끼는 감정에 집중해 쓰며 내 안에 웅크리고 있는 과거의 나를 만나는 게 중요하다. 그 아이를 안아 주고 위로할 수 있다면, 그것이 상처받은 내면 아이 치유이다. 나의 졸작 《골목길》을 수정본이 아닌 초고로 옮긴다.

말이 무척이나 없는 여자아이가 있어. 이름은 김소진. 소진이가 다섯 살 때 엄마가 갑작스럽게 돌아가셨어. 소진이는 그날 이후로 아빠와 단둘이 살게 되었지. 그 충격으로 소진이는 점점 말수가 줄어들었어. 겨우 다섯 살짜리가 꼭 어른처럼 말을 잘해 주변 사람들이 혀를 내둘렀던 아이가 말이야.

그 아이가 커가면서 아이를 일컫는 말이 생겼어. 말 없는 아이, 땅만 쳐다보고 다니는 아이, 금방이라도 울 것 같은 아이.

이렇게 말도 없고 조용한 탓에 소진이에게는 친구 하나 없었어. 소진이가 3학년으로 올라갈 즈음, 살던 아파트가 재건축을 하게 되었어. 그래서 옆 동네에 있는 주택가로 이사하게 되었지. 아파트를 새로 짓는 공사가 쉴 새 없이 이어졌어. 그러는 와중에 새로 이사 간 집에서 학교 가는 길에 아주 좁은 골목길이 생겼어. 그 골목길을 지나지 않으면 한참을 돌아가야만 학교에 갈 수 있었지. 그 주택가에 사는 아이들은 대부분 소망 초등학교에 다녔기 때문에 골목길엔 사람이 많이 다니지 않았어. 소진이는 조금 무서웠어. 골목이 좁은 데다가 일단 들어서면 골목 폭밖에 안 되는 하늘 말고는 아무것도 볼 수 없었으니까. 판으로 세워져 있는 벽 안쪽에서 공사하는 소리가 들리곤 했어. 가끔 뭐가 떨어지는지 큰소리가 날 때면 소진이는 깜짝 놀라 심장이 쿵쿵거리기도 했지. 그래서 소진이는 시간이 좀 걸리더라도 다른 길로 학교에 가기 시작했어. 그 대신 아침에 이불 속에 더 누워 있고 싶은 마음을 이불을 개듯 접어야 했지.

봄방학을 한 날이었어. 위층에 새로운 이웃이 이사를 왔단다. 소진이가 현관문을 살짝 열고 보는데, 보람이가 계단으로 올라오고 있었어. 보람이는 소진이를 보자마자 얘기했어. "안녕? 난 보람이라고 해. 너는?" 소진이는 보람이랑 눈도 못 마주친 채 속삭이듯 말했어. "김소진." "난 이제 3학년 올라가. 무궁 초등학교 다니는데, 너는?" 보람이가 명랑하게 물었어. "나도 무궁 초등학교. 3학년 올라가.", "그래? 그런데 왜 너를 한 번도 못 봤지? 아무튼 우리 친하게 지내자." 소진이는 처음 보는 아이가 자신에게 친하게 지내자고 해서 무척 당황스러웠어. 뭐라고 대답해야 할지 몰랐지. 뒤따라오던 보람이네 엄마가 말했어. "어머~ 잘됐네. 우리 보람이랑 둘이 학교도 같이 가면 좋겠다."

개학 첫날이야. 보람이와 소진이는 함께 학교로 걸어갔어. "소진아, 어디 가? 이리로 가야지." 보람이가 골목길로 안 오고 돌아가려는 소진이에게 소리쳤지. 소진이는 조금 망설이다가 다시 발걸음을 옮겼어. 보람이와 함께 걸어가면 골목길이 조금 덜 무서울 거 같았거든. 골목길에 들어서자 보람이가 노래를 부르기 시작했어. 보람이의 노랫소리를 들으며 걸어가니 훨씬 덜 무서웠지. 같이 따라 부르고 싶었지만, 용기가 나지 않았어.

그날 오후에 보람이네 엄마가 소진이를 초대했어. 아빠는 회사에서 야근하는 날이었지. 저녁을 먹고 보람이 방으로 갔어. 소진이는 또래 친구와 단둘이 방에 있는 게 처음이었어. 어찌나 어색하고 마음이 불편한지 앉지도 서지도 못하고 있었단다. "소진아, 우리 화장품 놀이하자." 보람이는 그렇게 말하고는 책상 서랍 깊숙이에서 로션 통 몇 개를 꺼내 왔어. 보람이네 엄마가 화장품 살 때 덤으로 받아온 조그마한 로션들인 것 같았지. 소진이는 보람이가 시키는 대로 침대 위에 누웠어. 보람이는 로션 뚜껑을 열고 손바닥에 탁탁 쏟아 냈어. 그러더니 소진이 얼굴에 묻혀 손바닥으로 빙글빙글 문질렀지. 소진이는 얼굴이 찌푸려졌어. 도대체 보람이가 무얼 하는 건지, 이 놀이가 재미있는 건지, 무슨 말을 해야 하는 건지도 몰랐지. 그저 가만히 누워 있는데 로션 향기가 정말 좋은 거야. 그 향기를 맡고 있자니 무언가 생각이 날 듯 말 듯했어. 결국 그 무언가는 생각나지 않았지만 소진이는 마음이 편안해졌어. 보람이와 노는 게 어색하지도 않았지. 그날부터 소진이와 보람이는 단짝이 되었단다.

소진이는 보람이와 친해지면서 '땅만 쳐다보고 다니는 아이, 금방이라도 울 것 같은 아이'라는 말은 안 듣게 되었어. 하지만 보람이 말고 다른 아이들과는 거의 말을 하지 않았어. 어른이나 낯선 사람과는 더욱 그랬지. 소진이가 5학년이 되었을 때 보람이는 다시 이사를 갔어. 새로 지어진 아파트로 이사하게 된 거야. 하지만 그 좁은 골목길은 아직 6개월은 더 있어야 큰길로 뚫린다고 했지. 그래서 소진이는 다시 아침 일찍 일어나기 시작했어. 한참을 돌아 학교로 가고, 한참을 돌아 집으로 돌아왔어.

어느 날, 나에게 공황장애가 찾아왔습니다

땅속에서 잠자던 새싹들이 이제 막 올라오고 있는 따뜻한 봄날

이었지. 보람이는 소진이에게 항상 얘기했어. 일요일에 같이 성당에

가자고. 그런데 소진이는 이날 늦잠을 자 버렸어. 시계를 보니 보람

이와 약속한 시간이 30분밖에 남지 않았지. 세수하고 이를 닦고 옷

을 입으니 벌써 15분이 지나 버렸단다. 소진이는 헐레벌떡 밖으로

나왔어. 골목길로 가지 않으면 약속 시간에 늦을 게 뻔했지. 소진이

는 누구보다 따뜻하게 자기를 대해 주는 보람이와의 약속에 늦기가

싫었어. 그래서 용기를 내어 골목길로 가기로 결심했단다. 몇 년째

그대로인 골목길은 여전했어. 양쪽으로 막혀 있는 벽 말고는 골목길

폭 만큼의 하늘밖에 볼 수 없었지. 소진이는 점점 가슴이 뛰었어. 이

래저래 무서운 생각이 마구 떠올랐지. 그때, 예전에 보람이가 노래

를 부르며 걸었던 게 기억났단다. 소진이는 큰소리로 노래를 불렀

어. 그런데 뭔가 이상했어. 노래를 두 번 정도 부르면 골목 끝이 보였

는데 오늘은 그렇지가 않은 거야. 벌써 노래를 세 번이나 불렀는데

도 골목길은 계속 이어졌지. 소진이는 가슴이 터질 것 같았어. 심장

소리가 어찌나 큰지 골목길 안에서 쩌렁쩌렁 울리는 것 같았어. 소

진이는 있는 힘껏 달렸어. 그러면서 자기도 모르게 외쳤지. "엄마!"

　　그러자 골목길이 끝나고 어느 낡은 집 앞에 다다랐어. 그 집 앞

에서 어린 꼬마가 막대기로 땅바닥에 그림을 그리고 놀고 있었지.

소진이는 가쁜 숨을 몰아쉬며 주위를 두리번거렸어. 전에는 안 보이던 건물들에 어리둥절해졌단다. 그러고선 다시 그 꼬마에게 눈길이 갔어. 눈이 동그랗고 커다란 아이는 막대기를 내려놓더니 두 손을 모았어. 그리고 지그시 눈을 감았지. "하느님, 엄마가 빨리 오게 해주세요."

꼬마는 아이답지 않게 발음이 정확했어. 그리고 얼마 안 있어 그 아이의 엄마가 왔단다. 꼬마는 세상을 다 얻은 양 엄마에게로 두 팔 벌려 달려갔어. 엄마는 꼬마를 안고 그 낡은 집으로  들어갔지. 그때 소진이는 갑자기 모든 게 떠올랐단다. 어린 시절 항상 엄마와 함께 기도하러 어딘가 갔던 기억, 낮에 혼자서 놀다가 엄마가 올 때쯤에 맞춰 기도하면 신기하게도 엄마가 돌아왔던 기억, 이 낡은 집에서 살았던 기억 모두 말이야. 그리고 엄마가 돌아가신 날, 그날은 기도가 이루어지지 않았지. 아무리 기도해도 엄마는 돌아오지 않았어. 그때 소진이는 아빠가 돌아올 때까지 하염없이 울었던 기억도 났어. 그러자 소진이의 눈가가 뜨거워졌어. 뜨거운 눈물이 볼을 타고 내려와 목까지 줄줄 내려왔어. 그리고 어깨가 들썩거려졌어. 입에서 흐느끼는 소리가 저절로 나왔어. 이제 소진이는 아주 어린아이처럼 울었어. "엄마~ 엄마~" 하면서 말이야. 소진이는 늘 가슴에 단단한 기둥이 있는 느낌이 있었어. 너무 오래된 느낌이라 누구나 다 그런 거라 생각했지. 그런데 울면 울수록 그 기둥이 흐물흐물해지는 느낌이 들었어. 그러더니 기둥이 무너져 내리는 느낌까지 들었어. 태어나 처음으로 느껴 보는 감정에 소진이는 어찌할 바를 몰랐어. 그때 꼬마의 목소리가 들렸어.

"언니, 왜 울어? 언니도 엄마 보고 싶어?" 꼬마가 소진이를 보며 또박또박 얘기했어. 소진이는 소매로 눈물을 훔치고 꼬마의 눈을 바라봤어. "자, 이거. 엄마 냄새나. 그래도 보고 싶으면 엄마 빨리 오게 해 달라고 기도해." 소진이는 꼬마가 주는 걸 받아 들었어. 소진이는 고개를 숙여 자기 손 위에 올라가 있는 작은 로션 통을 봤어.

"김소진! 여기 앉아서 뭐 하는 거야?" 보람이 목소리였어. 소진이는 훌쩍이며 주위를 둘러봤지. 꼬마는 사라지고 없었어. 낡은 집도, 아이가 땅바닥에 그린 그림도. "어머, 야! 너 설마 골목길 무서워서 운 거야?" 소진이는 아무 말도 하지 못했어. 보람이와 걸어가면서 자꾸 뒤를 돌아봤지. 로션 통을 손에 꼭 쥔 채로. 골목길 앞에는 나무들뿐이었어. 이제 막 여린 연둣빛 새싹이 올라오고 있는 나무들 말이야.

# 그들의
# 등 뒤에서는
# 좋은 향기가 난다

사랑이란 당신의 본래의 모습을 되찾도록 돕는
과정일지도 모른다.
_ 생텍쥐페리(*Saint Exupery*), 《인간의 대지》 중에서

도서관에서 신간 코너를 구경하다가 그림책 《7층》을 발견했다. 흑백의 단순하고 투박하고 명료한 표지가 마음에 들었다. 그런데 내용은 그리 단순하지 않았다. 저자가 직접 겪은 데이트 폭력에 대한 이야기였으며, 끔찍한 데이트 폭력의 현장에 대한 묘사는 담담했다.

나는 이 책의 저자 오사 게렌발의 작품을 더 읽기로 하고, 《그들의 등 뒤에서는 좋은 향기가 난다》를 뽑아 들었다. 이 책 역시 그녀의 자전적 이야기를 그래픽 노블로 다룬 작품으로, 나는 책을 다 읽고 밀려오는 감동에 나도 모르게 책을 끌어안았다. 그녀를 알게 되어 감사했다.

결혼하고 아이를 낳고 무엇 하나 부족한 것 없이 잘살고 있는 주인공 제니는 끊임없이 밀려오는 자멸감과 불안, 우울증으로 힘들어한다. 그래서 제니는 끊임없이 무너지는 자신을 보며 대체 무엇이 잘못되었는지 알고 싶어 이런저런 병원을 전전하고, 자신의 문제를 딱 꼬집어 말하는 치료사를 만나 평생 지고 살아온 모든 불안과 근심의 원흉이 바로 '정서적 방치'로 인한 것이란 걸 알게 된다. 그리고 제니는 자신의 문제를 알게 됨으로써 상처받은 내면 아이를 치유한다.

나는 이 책을 통해 '정서적 방치'를 처음 알았다. 어쩌면 나도 어린 시절 정서적 방치를 경험했을 수 있겠구나 싶었다. 정서적 방치란, 양육자가 아이의 정서적 욕구에 충분히 반응해 주지 않는 것을 말한다. 아이가 기쁠 때 함께 기뻐하고 슬플 때 위로해 주는 등의 감정의 수용을 해 주지 않는 것이다. 또한, 정서적 방치는 표면적으로 드러나지 않기에 외부의 개입이나 도움을 받기 힘들며, 물리적인 학대보다 아이에게 악영향을 끼친다. 방치하는 것이 노골적인 학대보다 더 해로울 수 있다는 연구 결과도 있다.

《그들의 등 뒤에서는 좋은 향기가 난다》에서 내가 공감하는 부분이 두 가지이다. 첫 번째는 주인공 제니가 타인이 생각하는 부모상과 자신이 생각하는 부모상이 너무 달라 어리둥절해 하는 부분이다. 육아를 하던 제니가 아이를 위해 어린이 건강검진센터에 방문했다가, 별문제 없냐는 의사의 물음에 수면이 부족하다고 이야기한다. 그러자 의사가 말한다. "부모님께 부탁해 보지 그래요? 낮에 오셔서 아이 데리고 산책이라도 나가 주시면, 그 시간에 좀 잘 수 있지 않겠어요?" 제니는 부모님에게 도움을 요청하라는 의사의 말에 자기 귀를 의심한다. 친구들과의 모임에서 부모님이 아이를 주말에 맡아 주시기로 했다는 친구의 말에도 제니는 어떻게 저렇게 끔찍한 소리를 할 수 있을까 놀란다. 제니에게는 모두 상상도 할 수 없는 일이었다. 제니의 부모님이 아이를 돌본다는 건 상상도 할 수 없는 일이었기 때문이다. 그리고 돌아가신 엄마를 생각하며 흐느끼는 친구의 뺨을 한 대 갈기고 싶은 충동을 느낀다.

같은 상황은 아니지만, 나도 이런 경험을 한 적이 있다. 부모님께 부탁해 보라는 지인들의 조언에 웃음으로 때울 수밖에 없는 상황이 많았다. 나의 엄마가 보통의 엄마들과 다르다는 건 임신하고 알았다. 아이를 낳고 키우면 친정엄마의 마음을 이해할 수 있을 줄 알았다. 그러나 반대였다. 서운하고 화가 났다. 엄마에게 어리광 부리고 엄마라면 무조건 좋아하던 내가 보이지 않았을까 싶었다. 그래서 오히려 출산 후 엄마와 다투는 일이 잦아지고, 엄마를 원망하게 되었다. 친구들은 모두 지극히 헌신적이고 희생적인 엄마를 그린 신경숙의 소설 《엄마를 부탁해》를 읽고 울었다고 하는데, 나는 눈물이 한 방울도 나오지 않았다. 이해는 했지만 공감할 수 없었다.

두 번째로 공감한 부분은 제니가 친구와 숲에서 놀다가 뱀을 만난 이야기다. 제니의 친구 사라는 뱀을 보고 너무 놀라 집으로 달려가 엄마의 품에 안겨 엉엉 운다. "엄마아! 엄마아! 으앙! 뱀이 나왔어!", "저런, 이리 온, 우리 아가!" 제니는 그런 모녀의 모습을 보고 큰 충격을 받는다. 사라의 엄마는 사라의 두려움이 가실 때까지 실컷 울도록 두고 가만히 안아 주었다.

이 부분을 읽는데 굉장히 비슷한 나의 경험이 떠올랐다. 내가 작은엄마와 설거지를 하는데, 사촌 동생이 작은엄마에게 응석부리며 말했다. "엄마~ 아기가 나를 보더니 울어. 속상해." 이제 갓 돌이 지난 조카가 예뻐서 안아 주려고 했는데, 조카가 울어서 속상해하는 말이었다. 그러자 작은엄마는 사촌 동생의 엉덩이를 토닥이며 "어이구~ 우리 딸내미가 얼마나 아기를 잘 보는데. 아기가 그걸 몰라주네." 모녀가 저런 식의 상호 작용을 할 수도 있다는 데에 놀라고, 작은엄마와 사촌 동생의 모습이 낯설면서 부러웠다. 그리고 나는 살면서 한 번도 엄마에게 저런 식의 응석을 부려 본 적도, 엄마가 저런 식으로 나를 보듬어 준 적도 없다는 걸 그날 깨달 았다.

이 책을 가슴에 끌어안은 이유는 책의 후반부에서 느낀 커다 란 감동 때문이었다. 성인이 된 제니는 가장 힘들었던 어린 시절 로 돌아간다. 어린 제니가 차 안에서 대체 내가 어떻게 하면 되는 지 말 좀 해달라며 엉엉 울고 있다. 그러나 부모는 아무 반응이 없 다. 어른 제니는 이런 어린 제니를 데리고 나와 꼭 안아 주며, "엄 마와 아빠 일은 그만 다 잊자. 이제부터는 너와 나 둘뿐이야"라고 말한다. 그리고 어른 제니는 어린 제니를 안고 들판과 숲을 헤치 고 나아간다. 그런데 마을과 도시를 뚫고 지나갈 때, 누군가 나타 나 제니를 어디론가 데리고 간다. '이건 누구지?' 하는 의문도 잠시, 다음 장면에 여러 명의 어린 제니를 데려가는 어른 제니가 보인다. 집, 학교, 주방 식탁, 아파트, 침대, 병원, 폭력, 상처 그리고 고독을 함께 거친다. 그간 상처받은 내면 아이인 어린 제니를 모두 끌어안 고 말이다.

처음 '내면 아이'라는 말을 들었을 때는 어렴풋이 다섯 살 정 도 되는 아이 한 명을 상상했다. 그러나 이 책을 읽고, 내면 아이 가 수십 명일 수도 있겠다는 생각이 들었다. 과거에서 현재까지 상처받았던 무수한 어린 시절이 내가 모두 내면 아이인 것이다. 그리고 나는 그들을 꼭 안아 주면 된다. 부모님이 싸울 때 불안해하던 나, 엄마에게 맞고 슬퍼하던 나, 유치원 선생님에게 상처받은 나, 친구에게 상처받은 나, 옛 애인에게 상처받은 나, 직장 상사에게 상처받은 나, 남편에게 상처받은 나 모두를 지금의 내가 안아 주면 될 일이다. 오사 게렌발은 이를 "여럿의 제니가 이제 모두 나와 함께 있다. 모두가 우리이고, 우리가 바로 나다. 나는 나다."라고 말했다. 이 책의 마지막 장에는 여럿의 제니가 숲속에서 평온한 표정으로 쉬는 모습이 나온다. 그리고 이렇게 쓰어 있다. '이제 내가 원하는 건 오직 휴식뿐이다'

상처받은 내면 아이로 힘든 이들에게《그들의 등 뒤에서는 좋은 향기가 난다》를 선물하고 싶다. 그리고 상처투성이인 우리 모두 휴식을 취하면 좋겠다. 상처받은 내면 아이로 힘든 삶을 살고 있는가? 이제는 그 내면 아이에게 다가가 위로하고 안아 주자. 나의 엄마와 남편, 자식이 위로해 줄 거라고 생각하지 말자. 내 안의 상처를 보듬고 치유할 사람은 오직 나 자신이다.

# 내면 아이
# 치유를 위한
# '미러 워크'

나 자신과 내가 만나는 모든 사람에게
표현하는 사랑은 내게 되돌아온다!
_ 루이스 헤이(*Louis Hay*)

　　마음이 힘들어 읽은 책들에서 공통으로 하는 말이 있다. 바로
자기 자신을 사랑하라는 말이다. 도대체 나를 어떻게 사랑하라는
말인가. 잘하는 것도 없고, 외모가 출중한 것도 아니고, 매사 결정
도 잘 못 하고, 부정적이고 이기적이며 즉흥적이고(다 쓰자면 끝도
없을 것이다)… 쓸모없는 나를 말이다. 이런 내가 결혼하고 아이를
낳고 키우며 조금씩 변해갔다. 바뀌지도 않을 과거에 파묻혀 허우
적대던 습관도 조금은 버릴 수 있었다. 물론, 때때로 한없이 무너
졌다. 그러나 이제는 정말로 나를 사랑할 때였다. 과연 나를 어떻
게 사랑할 수 있을까?

　　그러다 만난 책이 바로 루이스 헤이의 유고작 《미러》이다. 루이

어느 날, 나에게 공황장애가 찾아왔습니다

스 헤이는 영성과 자기계발 분야의 세계적인 베스트셀러 작가이 자, 미국의 대표적인 심리치료사다. 그녀의 책 《치유》는 세계적으로 5천 만 부 이상 판매되었으며, 그녀가 강조한 긍정 암시는 많은 사람이 실천하는 방법이기도 하다. 또한, 루이스 헤이는 가난과 성폭행, 이혼, 암 투병 등으로 인해 불우한 삶 속에서도 자신을 사랑하고 인정하는 심리치료법인 '미러 워크(Mirror Work)'의 창시자이다. 미러 워크의 방법은 총 21개의 요목으로 구성되어 21일 동안 실천하면 되는 《미러》에 자세히 실려 있다.

그러나 이 책을 읽기 시작할 때 나는 강한 거부감을 느꼈다. '나를 사랑한다고 말하라'라니. 곧 죽어도 그런 말을 할 수 없었다. 게다가 거울에 비친 자신의 모습을, 정확히는 눈을 보고 이름을 부르며 말하란다. "○○○, 너를 사랑해."라고 말이다. 웃음이 튀어나왔다. '완전 미국 정서 아니야? 우리나라에서는 이런 거 안 통해!' 하며 책을 덮었다. 그런데 이후로 거울을 볼 때마다 자꾸만 생각났다. 나는 거울 속의 내 눈을 한참 바라보았다. 공포에 질린 어린아이의 눈빛 같았다. 결국 사랑한다는 말은 나오지 않았다.

그녀의 제안 중 그나마 거부감이 덜 드는 '긍정 암시'를 실천해보았다. '~해야 한다'를 '~할 수 있다'로 바꾸어 말하는 것이다. 그녀는 전작 《치유》에서 '~해야 한다'는 이미 내가 잘못했다든지, 지금 잘못한다든지 혹은 앞으로 잘못할 거라는 뉘앙스를 풍기는 말이지만, '~할 수 있다'는 선택권을 주는 말이라고 언급했다. 이렇게 함으로써 긍정적인 선택의 길로 나아갈 수 있다고 했다. 나는 내가 원하는 모습을 '~할 수 있다'라는 긍정 암시로 만들어 거울에 붙인 뒤 매일 아침 읊었다.

- 나는 일찍 출근할 수 있어.
- 나는 내 감정을 잘 다스릴 수 있어.
- 나는 최소 일주일에 한 번은 글을 쓸 수 있어.
- 나는 매일 아침 여유롭게 준비할 수 있어.
- 나는 괴로운 생각들을 잊을 수 있어.
- 나는 현재를 살 수 있어.
- 나는 남편에게 다정하게 대할 수 있어.
- 나는 아이에게 단호해질 수 있어.
- 나는 내가 생각하는 것보다 훨씬 좋은 능력을 갖추고 있어.
- 나는 지혜롭고 현명한 사람이 될 수 있어.

그러자 신기하게도 내 안에 긍정 에너지가 조금씩 차 올랐다. 그래서 용기를 내어 거울을 보며 말했다. "허경심, 이제 나는 너를

어느 날, 나에게 공황장애가 찾아왔습니다

사랑하는 법을 배울 거야." 너무나 오글거리고, 온몸에 닭살이 돋았다. 그러나 할 만했다. 그렇게 나는 저자를 믿고 본격적으로 미러 워크를 시작했다. 매일 밤, 화장실에서 거울 속 나에게 말했다. "나는 너를 알고 싶어. 너와 친해지고 싶어." 과거를 떠나보내기 위해 책에 쓰여 있는 암시를 써 놓고 자주 읊었다. "나는 상처를 준 과거를 잊을 거야. 나는 모든 긴장을 없앨 거야. 모든 두려움과 분노, 죄책감, 슬픔을 벗어던질 거야. 나는 오래된 제약과 부정적인 믿음을 떠나보낼 거야. 그래서 평온해질 거야. 나는 평온해. 나는 안전해."

결론부터 말하자면, 나는 미러 워크를 통해 나에 대해 잘 알게 되었고, 긍정적으로 변화했다. 그해에는 하루도 빠짐없이 감사 일기를 썼다. 나는 나에게 말했다. "허경심, 사랑해. 너를 내 아이만큼 사랑해 줄게. 이제는 외로워하지 마. 두려워하지 마. 내가 많이 안아 줄게. 너를 아껴줄게. 너는 중요해. 소중해."

《미러》의 8장은 내면 아이를 만나는 장이다. 그녀는 다섯 살 무렵에 찍은 사진을 거울에 붙이라고 했다. 그러고는 몇 분간 사진을 바라보고 사진 속 아이에게 말을 걸라고 했다. 나는 여섯 살 무렵 집 앞에서 자전거를 타고 방긋 웃고 있는 내 사진을 찾아 붙이고 어린 나를 한참이나 바라보았다. 신기하게도 가슴이 뭉클해지며 눈물이 흘렀다. 유치원에 다니기 시작했지만 적응하지 못하고 매일 소외감을 느끼던 시절이었다. 엄마가 사다 준 갈색 곰 인형을 무척이나 좋아했던 것도 기억났다. 계속해서 사진 속 나를 보다 보니 나의 머릿결이 느껴지고, 이마와 단단한 종아리까지 만져졌다. 나는 나의 머리를 한참 동안 쓰다듬어 주었다. 저자는 어린 나를 행복하게 해 주기 위해 지금의 내가 할 수 있는 게 무엇인지 생각하라고 했다. 나는 어린 나에게 질문을 했고, 놀랍게도 이런 대답이 들려왔다. "나를 더 생각해 줘. 자주 안아 줘. 쓰다듬어 줘. 사랑한다고 말해 줘. 소중하다고, 중요한 사람이라고 말해 줘. 꼭 안아 줘." 생각지도 못한 말들이 나와 굉장히 놀랐다.

미러 워크를 통해 나 자신을 사랑하려면 상처받은 내면 아이를 만나야 한다. 내가 싫어했던 나, 슬펐던 나, 두려웠던 나, 분노했던 나, 못났던 나 모두를 있는 그대로 마주하고 안아 주어야 한다.

살아가면서 가장 관계를 잘 맺어야 하는 사람은 바로 나 자신이다. 나의 감정을 잘 알아야 타인의 감정에 공감할 수 있고, 나와 관계를 잘 맺어야 타인과 관계를 잘 맺을 수 있다. 나는 지난날의 나와 관계가 좋지 못했다. 나는 소홀히 대하면서 타인의 감정에만 집중했다. 그런데 그리할수록 나는 타인에게 인정받기는커녕 상처만 받았다. 나를 몰랐기에 내 감정이 요동쳐도 이유를 몰랐다. 그러나 내면 아이를 만나 나와 친해지며, 타인과의 관계가 좋아졌다. 아이가 징징댈 때도 드디어 내 감정이 아닌 아이의 감정이 느껴졌다. 내면 아이 치유를 통해 얻은 것들이다. 무겁고 어둡던 나의 삶은 가볍고 밝아졌다.

모든 사랑의 시작은 나를 사랑하는 것에서 시작된다. 나를 사랑하지 못하면 타인을 사랑할 수 없으며, 나를 사랑하지 못한 채 타인을 사랑하면 집착이 되고 독단이 된다. 나를 사랑하지 않는다면 내 안의 상처받은 내면 아이를 만나라. 그리고 사랑한다고 말하라. 다음은 루이스 헤이가 제안하는 '자신을 위로하고 사랑하는 12가지 방법'이다.

### 1. 나에 대한 모든 비판과 평가를 멈춰라

비판은 절대 변화를 일으키지 못한다. 자신을 비판하지 마라. 자신을 있는 그대로 받아들여라. 자신을 비판하면 부정적으로 변하는 반면, 자신을 인정하면 긍정적인 변화가 일어난다.

### 2. 후회스러운 과거와 나의 잘못을 용서하라

후회되는 과거를 잊어라. 당신은 그때 당신이 지닌 이해, 인식,

지식을 토대로 최선을 다했다. 지금의 당신은 성장과 변화를 거치고 있으며, 다른 삶을 살게 될 것이다.

### 3. 나를 두렵게 하는 모든 것에서 벗어나라

자신을 겁주지 마라. 그것은 끔찍한 방식이다. 당신에게 즐거움을 주고, 무서운 생각은 즉시 즐거운 생각으로 바꾸는 정신적 이미지를 찾아라.

### 4. 나를 부드럽고, 다정하고, 참을성 있게 대하라

자신을 부드럽게 대하라. 자신을 다정하게 대하라. 새로운 사고 방식을 익힐 때 자신을 참을성 있게 대하라. 당신이 진정으로 사랑하는 사람을 대하듯 자신을 대하라.

### 5. 나의 삶, 나 자신을 긍정하라

자기혐오는 자기 생각을 미워하는 것이다. 그런 생각을 한다고 자신을 미워하지 마라. 삶을 긍정하는 쪽으로 부드럽게 생각을 바꿔라.

## 6. 과해도 좋다, 나를 칭찬하고 칭찬하라

비판은 내면의 기백을 무너트린다. 칭찬은 기백을 북돋는다. 자신을 최대한 많이 칭찬하라. 아무리 사소한 일이라도 아주 잘하고 있다고 자신에게 말하라.

## 7. 머뭇거리지 말고 도움을 청하라

나를 도와줄 사람을 찾아라. 친구에게 당신을 도와줄 기회를 줘라. 필요할 때 도움을 청할 줄 알아야 현명하다.

## 8. 나의 부정적인 면을 인정하고 받아들여라

필요를 충족하기 위해 부정적인 면을 만들었음을 인정하라. 이제 필요를 충족할 새롭고 긍정적인 방법을 찾을 것이다. 오래되고 부정적인 패턴은 사랑의 힘으로 떠나보내라.

## 9. 내 몸을 아끼고 보살펴라

어떤 음식이 나에게 영양소가 될지에 관해 공부하라. 당신의 몸은 최고의 활력과 원기를 갖기 위해 어떤 먹거리를 필요로 하는가? 운동에 관해 공부하라. 당신은 어떤 운동을 즐기는가? 어떤 운동을 하고 싶은가? 어떤 운동이 가장 잘 맞는가?

### 10. 재미를 즐겨라! 격정적으로!

어린 시절에 즐거움을 안긴 일들을 떠올려서 지금 당신의 삶에 되살려라. 당신이 하는 모든 일에서 재미를 느낄 방법을 찾아라. 삶의 기쁨을 표현하라. 미소를 지어라. 웃음을 터트려라. 기뻐하라!

### 11. 나를 사랑하라, 바로 지금

몸이 나아지거나, 살이 빠지거나, 새 직장을 구하거나, 새로운 관계를 맺을 때까지 기다리지 마라. 지금 나 자신을 사랑하기 시작하라. 그리고 할 수 있는 최선을 다하라.

### 12. 미러 워크를 하라

자주 나의 눈을 들여다보라. 날로 자신을 더욱 사랑하는 마음을 표현하라. 거울을 바라보며 나 자신을 위로하고 사랑하라.

어느 날, 나에게 공황장애가 찾아왔습니다

# 즐거운 장면에서도
# 눈물이 난 이유

자신의 어두운 면을 발견한 것을 기뻐하라.
당신을 가로막은 것을 떠나보낼 준비가 되었다는
뜻이기 때문이다.

_ 루이스 헤이(*Louis Hay*)

내면 아이 치유를 경험하면서 영화 〈겟 아웃〉만큼 내면 아이를 이야기하기 제격인 영화는 없다는 생각이 들었다. 상처받은 내면 아이는 분노와 슬픔으로 불쑥불쑥 올라오는 의식에 대해 이야기할 수 있다.

〈겟 아웃〉은 인종 차별에 대한 이야기로, 흑인인 주인공 크리스가 백인 여자 친구인 로즈의 집에서 겪은 기괴한 일을 다룬 영화다. 여자 친구의 집에서 뭔가 석연찮은 기운을 느낀 주인공 크리스는 그 기운의 실체가 무엇인지 알아내고 우여곡절 끝에 탈출에 성공한다. 그 실체란 여자 친구의 가족들이 행하는 엽기적인 수술로, 신체가 건강한 흑인을 납치해 최면을 걸어 기절시킨 뒤 백인 노인의 뇌와 바꾸어 이식하는 것이다. 그러면 백인 노인은 새로운 몸을 얻어 건강하게 더 오래 살 수 있고, 최면에 걸린 흑인은 노인의 뇌로 평생을 침잠의 방에 갇혀 사는 것이었다.

## 분노

내면 아이의 감정 '분노'는 주인공 크리스가 흑인 로건을 핸드폰 카메라로 몰래 찍는 장면에서 느껴졌다. 크리스는 여자 친구 로즈의 집에서 나이에 어울리지 않는 몸짓과 말투를 가진 젊은 흑인 남성 로건을 만난다. 그리고 로건의 행동을 의아하게 생각한 크리스는 친구에게 보내려고 몰래 사진을 찍는다. 그때 의도치 않게 플래시가 터진다. 그러자 로건은 코피를 흘리며 갑자기 외친다. "나가! 나가! 여기에서 나가야 해!"

플래시에 대한 로건의 반응은 마치 우리가 욱하는 반응과 비슷하다. 0.0001초 만에 아이와 가족에게 욱하는 것이다. 억압받은 적이 있는 내면 아이가 반응하는 것일 확률이 높다.

내가 가장 욱할 때는 하나는 아이가 음료수를 엎질렀을 때다. 순간적으로 화가 머리끝까지 나서 소리 지르게 된다. "조심하라고 했지!" 이 반응은 내가 어떤 판단을 내릴 틈도 없이 나온다. 내가 아이의 실수를 극도로 싫어하는 이유를 생각해 보니, 어린 시

어느 날, 나에게 공황장애가 찾아왔습니다

절 내가 실수했을 때의 부모님의 반응에서 비롯한 것 같다. 실수
는 곧 화가 나는 감정과 이어진다는 게 나의 무의식에 입력되었을
것이다. 타임머신을 타고 어린 시절 내가 실수했을 때를 영상으로
찍어 본다면, 지금 내가 내 아이에게 하는 것과 같은 상황이지 않
을까 싶다. 지금 욱하고 분노를 터트린다면, 그에 준하는 상황인지
살피고, 내가 받은 과거의 상처에서 비롯한 건 아닌지 되짚어보자.
이를 인지하는 것만으로도 욱하는 감정을 줄일 수 있을 것이다.


## 슬픔

내면 아이의 감정 '슬픔'은 흑인 가정부 조지나가 크리스와 대
화를 나누는 장면에서 느껴졌다. 어색한 분위기를 풀기 위해 크리
스는 조지나에게 "당신도 알다시피 백인이 너무 많이 있으면 긴장
되곤 하잖아요."라고 농담한다. 그런데 이 말을 들은 조지나는 눈
물을 흘린다. 그러고는 흐르는 눈물과는 상관없이 밝게 웃으면 말
한다. "아니에요. 아니에요. 아니에요…" 조지나는 왜 눈물을 흘렸
을까? 그것은 침잠의 방에 갇혀 버린 진짜 조지나를 알아주지 않
았기 때문이다. 침잠의 방에 갇힌 조지나가 바로 내면 아이이다.

나는 영화 〈사운드 오브 뮤직〉을 보며 가짜 조지나와 비슷한
경험을 했다. 〈사운드 오브 뮤직〉에는 아주 마음이 따뜻해지는 장

면이 있다. 천둥과 번개가 무섭게 내리치던 날 밤, 겁먹은 아이들이 새로 온 가정교사 마리아 수녀의 방으로 하나둘 모이는 장면이다. 어린 막내는 그렇다 치고 다 큰 아이들마저 겁먹고 들어올 때 관객은 웃음이 나온다. 천둥과 번개로 두려움에 떨던 아이들은 마리아의 따뜻한 위로와 격려로 두려움을 물리친다. 그러나 나는 이 장면을 볼 때마다 눈물을 흘렸다. 왜 눈물이 나는지 도통 알 수가 없었다. 영화를 세 번째 보았을 때 아이가 "엄마, 엄마가 나한테 저렇게 못 해줘서 우는 거야?"라고 물었다. "아니야. 엄마의 어린 시절이 생각나서 우는 것 같긴 한데… 그런데 엄마가 너한테 마리아처럼 못 해 준다고 생각해?" 그러자 아이가 대답했다. "아니. 나는 엄마가 충분히 잘해 주고 있다고 생각하는데?"

그날 밤, 나는 슬프지도 않은 장면에서 눈물이 나는지를 불현듯 깨달았다. 그건 상처받은 나의 내면 아이가 흘리는 눈물이었다. 조지나가 크리스의 말에 자극받아 눈물을 흘린 것처럼 말이다. "나도 저렇게 위로하고 격려해 줘. 나 좀 안아 줘." 내 안의 내면 아이의 말소리가 들렸다.

나는 어릴 때 부모님께 긍정적인 피드백을 받아 본 경험이 없다. 두려움과 슬픔, 분노 등 부정적인 감정을 수용 받아 본 적이 전무하다. 이를 알아차렸을 때 너무 슬펐다. 그 가엾은 아이가 얼마나 외롭고, 무섭고, 두려웠을까? 나는 내면 아이를 꼭 안아 주었다. 다음에 〈사운드 오브 뮤직〉을 본다면 더는 눈물을 흘리지 않을 것 같다.

내면 아이의 존재를 알아차리기는 어렵다. 내면 아이는 무의식에 존재하기 때문이다. 맥락에 맞지 않게 눈물이 흐른다면 그 지점을 짚고 넘어갈 필요가 있다. 어두운 구석에서 웅크리고 울고 있을 내면 아이를 발견해 안아 주자. 그것이 바로 사랑으로 가는 길이다.

# 아이의 따돌림 사건에
# 속수무책으로
# 무너진 이유

아이가 등교를 거부할 때마다 나는 아이를 나무라고 힐책했다. 그러고 뒤늦게 아이가 학교에서 집단 따돌림을 당했다는 걸 알게 되고는 속수무책으로 무너졌다. 내 마음을 너무도 몰라주던 엄마처럼은 절대로 되지 않겠다고 다짐했건만, 나는 결국 내 엄마와 똑같은 엄마가 되어 있다는 사실이 죽도록 괴로웠다. 엉엉 소리 내어 울고 싶었지만, 시댁이라 그럴 수도 없었다. 내가 할 수 있는 일이라고는 그저 화장실에 들어가 끊임없이 밀려오는 자괴감에 몸부림치며 타일 벽에 이마를 쿵쿵 박으며 눈물 흘리는 것이었다. 아무리 머리를 박아도 아프지 않았다. 그때 알았다. 죽을 만큼 괴로우면 감각마저 무뎌진다는 것을. 깊은 절망감에 차가운 타일 바닥에 누워 울고 또 울었다. 그러다가 극단으로 치달은 감정은 자기혐오

어느 날, 나에게 공황장애가 찾아왔습니다

로 바뀌었다. 갑자기 욕지기가 났다.

　그때 나는 왜 그렇게까지 무너졌을까? 당시에는 내 엄마처럼 되지 말자고 다짐했지만 결국 똑같은 엄마가 되었다는 사실에 대한 실망감 때문이라고 생각했다. 그런데 내면 아이에 대해 알아가면서, 거기에도 상처받은 내면 아이가 자리하고 있었다는 걸 알았다.

　아이는 자라면서 끊임없이 부모의 내면 아이를 자극한다. 예를 들어, 우는 데도 적절한 보살핌을 받지 못한 신생아 시절을 보낸 엄마라면 아이의 울음소리에 굉장히 예민할 수 있다. 나도 모르게 그때의 감정이 자극되기 때문이다. 또한, 우리가 흔히 미운 네 살이라 부르는 시절은 아이가 무엇이든 자기 스스로 하고 싶어 하는 시기이다. 그러나 이런 욕구를 부모에게 수용 받기보다 제지당하고 꾸지람을 받고 자란 엄마는 아이가 제멋대로 하려는 행동에 욱하고 예민해진다. 특히 욱하는 감정은 1초의 망설임도 없이 무의식적으로 튀어나온다. 상처받은 내면 아이가 분노나 슬픔으로 발현하는 것이다. 내 아이가 따돌림당한 사실을 알았을 때, 내가 속수무책으로 무너진 이유는 나의 상처받은 내면 아이가 자극을 받아 슬픔으로 표출되었기 때문이다. 예리한 송곳으로 가슴이 찔리는 것 같았다.

　나는 겁이 많고, 낯선 사람이나 낯선 상황에 적응하는 걸 유독 힘들어하는 아이였다. 그러던 시기에 하필이면 유치원을 옮기게 되었다. 새 학기가 시작된 뒤에 들어간 터라 친구들 무리에 끼기가 쉽지 않았고 소외감을 느꼈다. 그러다가 집안 사정으로 다시 다른 유치원으로 옮기게 되었는데, 옮긴 유치원에서는 설상가상으로 괴롭힘까지 당했다. 지금 생각해 보면, 나를 괴롭힌 아이는 무척 영악한 아이였다. 학예회로 꼭두각시 공연을 준비한 날, 엄마가 내 볼에 립스틱으로 연지곤지를 찍어 주셨는데, 그게 부러웠는지 공연 직전에 내 볼을 박박 문질러 버린 것이다. 거울을 보지 못해 모르지만, 아마 연지곤지가 번져 엉망이었을 것이다. 그날 밤, 엄마에게 이야기하자 엄마는 피식 웃었다. 나는 속상하고 슬프고 화가 나는데, 엄마는 내 마음을 알아주기는커녕 그냥 아이들이 치는 장난으로 여겼다. 내 아이가 친구들이 코딱지라고 놀린다고 이야기했을 때의 내 반응과 놀랍도록 똑같았다. 그리고 선생님조차 나를 외면했다. 날이 갈수록 괴롭힘을 당하고 매일 울었는데도 선생님은 이런 상황이 지겨웠는지 내 절규와 도움을 청하는 눈빛을 모른 척했다. 그때 절망을 배웠는지 모르겠다. 실제로 나는 나를 지켜 주는 어른이 없다고 생각해 그 누구에게도 도움을 청하지 않았다. 아이가 따돌림을 당해 내 마음이 무너지던 날의 몸부림은 다름 아닌 내 상처받은 내면 아이의 몸부림이었다. 이를 깨닫고 나

182

어느 날, 나에게 공황장애가 찾아왔습니다

니 내 삶의 흐트러졌던 퍼즐 조각이 맞춰지는 것 같았다. 그러다가 유치원 시절의 사건이 하나 더 생각났다.

매일 간식으로 나오는 빵이 먹기 싫어 선생님 몰래 빵을 쓰레기통에 버린 일이 있었다. 그걸 본 남자아이가 선생님에게 고자질하자, 선생님은 불같이 화를 내며 쓰레기통에 버린 빵을 주워서 먹으라고 했다. 경고가 아니고 진심이었다. 나는 엉엉 울며 쓰레기통에서 빵을 꺼내 억지로 먹었고, 아이들은 옆에서 더러운 걸 먹는다며 놀렸다. 내가 초콜릿 빵을 그렇게도 싫어하는 이유를 찾았다. 그리고 내가 왜 그토록 아이 학교에 방문을 꺼리는지도 알았다. 나는 아이의 학교 방문을 때마다 알 수 없는 두려움이 밀려왔다. 엄마라면 당연히 당당하게 학교에 찾아가 아이에게 생긴 문제를 선생님과 상의해야 하건만, 나는 그게 잘 안 되었다. 지인의 "엄마가 자식을 위해 못할 일이 뭐 있어."라는 이야기에는 숨이 턱턱막힐 지경이었다. 어린 시절 너무 무서웠던 선생님의 존재를 내 상처받은 내면 아이가 거부하고 있던 거였다.

내 삶의 퍼즐 조각들이 맞춰지자 나는 조금 더 쉽게 죄책감에서 벗어날 수 있었다. 아이를 지키지 못하는 어리석은 엄마가 아닌, 아이의 아픔을 바라보지 않고 미친 사람처럼 머리를 쿵쿵 박는 한심한 엄마가 아닌, 너무 깊이 상처받아 힘들어하는 한 아이가 보였다. 눈물이 솟구치며 화장실 바닥에 누워 울던 나에게 연민이 느껴졌다. "얼마나 힘들었니. 폭풍처럼 소용돌이치는 감정에 어찌할 바를 모르고 얼마나 힘들었니. 그때 너는 아무것도 몰랐지. 네가 왜 그렇게 바보 같고 한심하게 느껴졌는지 이유를 몰랐지. 그저 모든 게 다 네 탓이라고, 다 네 잘못이라고만 생각하며 얼마나 괴로웠니. 그 차가운 바닥에 누워 얼마나 외로웠니." 나는 나의 이마를 어루만지며 한참을 울었다.

나의 아픔을 어루만지자, 당시 힘들었을 내 아이가 온전히 느껴졌다. 이제야 비로소 언제나 내 앞을 가리던 안개를 걷어 낸 느낌이었다. 모든 게 전보다 또렷이 보였다. 내면 아이 치유는 그야말로 성장이고 사랑이었다.

내면 아이 치유는 수십 년이 걸리기도 하며, 치유하고 나면 더는 상처받은 내면 아이가 없을 것 같은데또 어딘가에 웅크리고 있는 내면 아이를 발견한다고 한다. 나도 여전히 그 과정을 거치고 있다. 많은 사람이 이 놀라운 경험을 꼭 했으면 좋겠다. 더는 외로운 내면 아이를 방치하지 않으면 좋겠다.

# 남편이 사과해도
# 마음이 풀리지
# 않는 이유

인간은 앞을 바라보면서 살아야 하지만
자신의 삶을 이해하기 위해서는 뒤를 돌아봐야 한다.

_ 쇠얀 키르케고르(Soren Kergaard)

하루에 두 번이나 공황 발작을 한 적이 있다. 공황 발작의 실체를 정확히 몰랐던 때였다. 일요일이었고, 낮에 발작했을 때 나는 남편에게 응급실에 데려다 달라고 했다. 그러나 남편은 가 봤자 특별히 해 주는 것도 없다며 월요일에 진료를 받으라고 했다. 종일 불안감에 시달리다가 겨우 잠이 들려는 찰나, 두 번째 발작이 일어났다. 죽을 것 같은 공포심에 남편에게 다시 응급실에 가자고 애원했지만, 남편은 불같이 화를 내며 "지금 가도 소용없다고!"라고 했다.

나는 정말 큰 상처를 받았다. 사실 이런 식으로 남편이 상처 준 일은 왕왕 있었다. 내 얼굴에 침 뱉기이니 더는 언급하지 않겠다. 그러나 결혼생활 내내 남편이 던진 비수 같은 말은 내 마음에

차곡차곡 쌓여 갔고, 응급실에 가 주지 않은 날 나는 완전히 마음의 문을 닫고 말았다. 내가 힘들 때 진심 어린 위로가 아닌 당장의 해결책만 제시하고 윽박지르는 남편을 마음속에서 지웠다. 나를 지켜 줄 사람이 아니라는 생각이 들었다. 시간이 흘러 공황장애를 극복하고는 남편과 그럭저럭 잘 지내기도 했지만, 이상하게도 남편이 다정한 말을 건네면 욱하고 화가 났다. 예를 들어, 남편이 "설거지 내가 할게. 놔둬. 너 힘들잖아."라고 하면, "내가 다 죽어 갈 때는 소리 지르고 화내더니, 지금 와서 왜 이래? 됐어!"라는 말이 나갔다. 남편이 다정해질 때마다 싸웠다. 남편은 언제까지 과거에 묻혀 살 거냐며 답답해하며 진중하게 사과하기도 했다. 확실히 내 마음을 돌리려는 모습이 보였다. 그러나 '남편이 이렇게까지 노력하는데 내가 마음을 풀어야지. 용서해야지.'라는 머릿속 생각과는 달리, 마음이 풀리지 않았다. 그렇게 2년의 세월을 보내고 나니 이런 내가 싫어졌다. 남편의 용서하지 않아도 괜찮다는 말에 가슴이 아팠다. 왜 나는 남편의 마음을 받아들일 수 없는 걸까? 왜 나는 그토록 남편을 용서할 수 없는 걸까? 나는 왜 이리 옹졸한 걸까?

그러던 어느 날, 책을 읽다가 그 이유를 깨달았다. 안타깝게도 그 책이 무슨 책이고 어떤 내용인지는 기억이 나지 않는다. 그저 분명한 건, 왜 남편에게 마음이 풀리지 않는지 이유를 찾았다는 것이다.

어느 날, 나에게 공황장애가 찾아왔습니다

감기에 호되게 걸린 아이가 말했다. "엄마, 미안해요." 아픈데 미안하다니 무슨 말일까? 고열로 뜨거워진 이마를 쓰다듬으며 "엄마한테 왜 미안해하니? 아픈 건 절대로 미안한 게 아니야. 그건 너의 의지로 되는 일이 아니야. 그러니까 엄마한테 전혀 미안할 일이 아닌 거야. 약 먹고 푹 쉬고 잘 나으면 되는 거야. 알겠지?"라고 말했다. 어린 시절, 나의 엄마는 내가 아플 때마다 화를 내고 나를 탓했다. 속상한 마음을 그렇게 표현하신 건지 모르겠지만, 나는 아픈 건 내 잘못이라고 생각하게 되었다. 그래서 아플 때마다 엄마에게 미안해했고, 크게 아프지 않으면 참았다. 배가 너무 아픈데도 밤새 참다가 아침에야 엄마에게 말하고 병원에 간 적도 있다. 그래서였을까? 나는 누가 아프다고 하면 얼마나 아플지 걱정되기보다 화라는 감정이 먼저 올라왔다. 그간 내 아이에게도 그랬나 보다. 표현한 적이 없지만, 엄마의 감정을 귀신같이 알아채는 아이가 몰랐을 리 없다. 그래서 아이가 나에게 미안하다고 한 건지도.

남편이 나에게 사과하고 잘해 주어도 마음이 풀리지 않던 이유는 남편에게서 내 엄마의 모습을 보았기 때문이다. 아픈 사람을 보듬어 주기는커녕 탓하고 화내는 엄마의 모습이 남편에게 투영되었다. 즉, 공황 발작으로 힘들어하는 내게 소리치는 남편의 모습이 나의 상처받은 내면 아이를 건드렸고, 내면 아이는 내게 안아달라고 신호를 보낸 것이다. 나에게 있어 이 위대한 발견과도 같은 깨달음을 남편에게 말했다. 막상 말로 이 모든 마음을 표현하자 눈물이 솟구쳤다. "우는 건 좋은 거래. 많이 울어." 남편의 평소 같지 않은 말에 오열했다. 내면 아이 치유 관련 책을 섭렵하면서, 나에게 큰 상처를 준 사람에게 받고 싶은 사과를 내가 편지로 써 보면 효과가 있다는 걸 알았다. 나는 남편에게 듣고 싶은 말을 내가 직접 써 보았다. 다음은 내가 남편이 되어 나에게 쓴 편지다. 실제로 내면 아이 치유에 큰 도움이 되었고, 남편을 정말로 용서할 수 있었다.

사랑하는 경심아.

진심으로 사과할게. 네가 공황장애로 힘들어할 때 화를 내고 억장이 무너지는 소리를 해대서 미안해. 사실 그때 나도 네가 내 곁을 떠날지도 모른다는 두려움이 컸어. 말이 곱게 나가지 않았던 건, 진심을 표현하며 살아오지 못해서였던 것 같아. 그래서 너에게 많은 상처를 주었구나. 미안하다, 경심아.

나도 사람인지라, 가끔 네가 너무 심하게 화내면 화가 났어. 그리고 그 상처를 되갚아 주고 싶기도 했지. 그렇다고 아픈 사람에게 그러는 건 아닌데 내가 정말 어리석었다. 힘들어하고 있는 사람에게 힘이 되어 주지는 못할망정 더 큰 상처만 주었구나. 내가 앞으로 어떻게 하면 더 잘할지… 매일 노력하는데도 잘 안 돼서 나 자신에게 화도 나고 속상하기도 해. 나이는 점점 들어가고 요즘은 코로나 때문에 직장도 불안하고. 이렇게 내 마음이 불안한데 너는 마음을 돌리지 않으니 외롭다. 경심아, 내가 요새 조금 외로워! 이제 그만 나를 용서해 주면 안 될까? 내 표현이 모질었어. 미안해, 경심아. 앞으로 나의 마음을 너에게 많이 표현할게.

경심아, 우진이 잘 키워 줘서 고마워. 이렇게 힘든 상황에도 꿋꿋이 일하는 모습에 고맙고 안쓰러워. 내가 다 갚을게. 우리 경심이 고생한 거 다 갚을게. 그리고 많이 사랑할게. 사랑한다. 허경심. 우리 아들과 경심이, 내가 많이 사랑한다.

# 엄마를
# 원망하지
# 않게 되었다

나는 유독 아이의 징징거림을 참기 힘들어했다. 아이가 징징거리면 스트레스 지수가 급격히 올라가고 가슴속부터 화가 치밀어 올랐다. 나는 내 엄마처럼 되지 않아야겠다는 다짐으로 꾹꾹 참아 보았지만, 참으면 참을수록 화는 더욱 커지고, 결국은 용수철처럼 튀어 올라 분노로 표출되었다. 그렇게 결국은 나의 엄마와 닮은 내가 되어 있었다.

어느 날, 씻기 싫다며 징징거리는 아이를 보자 뺨을 한 대 갈기고 싶은 충동이 일어났다. 내 머릿속에 섬광처럼 일어난 충동이었다. 그리고 나는 그 충동을 참지 못하고 아이의 뺨을 갈기고 깊이 자책했다. 왜 나는 아이를 보고 참지 못했을까?

초등학생 시절 난생처음 노래방을 가 보았다. 특별한 날이었는지 이모네 식구들과 함께였는데 나는 꽤 들뜨고 신나 있었다. 그런데 막상 노래를 고르려니 도통 노래 제목이 생각나지 않았다. 오빠는 최신 노래를 척척 골라서 부르는데 말이다. 그러다가 내가 정말 부르고 싶었던 노래를 오빠가 골라 부르기 시작했고, 나는 마이크를 뺏어 내가 부르겠다고 나서며 실랑이를 벌였다. 그러고는 "그만 두지 못해!" 하며 한소리 하는 엄마에게 화가 나서 구석에 앉아 씩씩거렸다. 즐겁게 놀고 있는 친척들이 다 꼴 보기 싫었다. 시간이 지나 화가 누그러졌지만, 그래도 내 화가 다 풀린 게 아니란 걸 엄마와 오빠에게 보여 주고 싶어 팔짱을 끼고 계속 구석에 앉아 있었다. 그런데 갑자기 내 뺨에서 몇 차례 불이 났다. 구석에서 계속 화났다고 티를 내는 내 모습에 엄마의 화가 머리끝까지 난 것이다. 그렇게 나는 친척들 앞에서 엄마에게 맞는 수모를 겪어야 했고, 노래방은 쿵작거리는 반주 대신 내 울음소리로 가득 찼다. 우리는 모두 노래방 시간을 다 채우지 못하고 헤어졌다. 수치스러웠다.

안 씻겠다고 버티는 아이의 얼굴을 보며 뺨을 갈긴 충동은 내 상처받은 내면 아이가 자극받았기 때문이었다. 내가 징징거릴 때마다 엄마가 보여준 분노와 폭력이 차곡차곡 내 무의식에 자리 잡은 것이다. 그래서 아이가 징징거릴 때마다 맑은 강물을 휘저으면 밑바닥에 있는 모래 때문에 탁해지는 것처럼 상처받은 내면 아이가 불쑥 올라와 나를 휘어감았다. 이렇게 내면 아이를 마주하는 횟수가 늘자 내 상처를 치유하지 않고는 아이를 위로할 수 없다는 걸 알았다. 나는 상처받은 내면 아이 치유를 위해 내가 엄마가 되어 나에게 편지를 썼다.

> 사랑하는 우리 막내, 경심아.

> 우리 경심이가 그렇게 힘들었구나. 그렇게 무서웠구나. 그렇게 불안했구나. 엄마와 아빠가 알아주지 못해 미안해. 엄마의 힘든 마음을 결국 너희에게 다 쏟아부은 것 같구나. 엄마가 참지 못했어. 조금만 참으려 노력했더라면 좋았을걸. 엄마도 감정 조절 안 되어 힘들었는데, 그걸 우리 경심이가 똑같이 겪었구나. 얼마나 힘들고 두려웠을까, 우리 경심이. 그런데도 잘 지나 왔구나. 잘 견뎌 냈구나. 장하다, 우리 딸.

> 엄마도 가끔 그때를 떠올리면 너희에게 얼마나 미안한지 몰라. 가슴이 아프고 숨이 턱턱 막히고 괴로울 때가 많아. 되돌릴 수 없다

어느 날, 나에게 공황장애가 찾아왔습니다

*는 게 엄마는 마음이 너무 아파. 만약 그때로 돌아간다면 우리 딸을 더 많이 안아 주고, 위로할 텐데. 엄마가 너무 몰랐다. 너무 몰랐다.*

*사랑하는 우리 막내딸, 우리 예쁜 막내딸, 경심이. 엄마가 진심으로 미안해. 우리 경심이에게 엄마가 정말 미안하다. 사랑한다. 많이 사랑한다. 엄마가 정말 정말 사랑해.*

편지를 쓰고 소리 내어 읽자 정말로 엄마에게 내 감정을 수용받은 것 같아 하염없이 눈물이 쏟아졌다. 엄마의 입장을 헤아리고, 엄마의 사랑을 느낄 수 있었다. 순간 엄마를 향한 서운함과 원망으로 막혀 있던 장벽이 허물어지고, 순수하게 엄마를 사랑했던 어린 내가 느껴졌다. 다섯 살 아이가 되어 "엄마~ 엄마~" 하며 소리 내어 울었다. 포근했던 엄마의 품에 안겼다.

60~70년대 생인 우리의 부모는 전쟁 직후의 베이비붐 세대이다. 그리고 나의 엄마는 7남매 중 셋째 딸이다. 밑으로 동생이 넷이나 있었다. 이렇게 많은 형제들 틈에서 부모의 사랑을 오롯이 받을 기회가 적었을 것이다. 게다가 전쟁 직후 궁핍한 시절이었기에, 그야말로 모두가 먹고 살기 바쁜 시대를 살았다. 그러니 부모에게 감정을 수용받으며 자란 이가 얼마나 될까. 엄마가 나에게 제대로

된 사랑을 주지 못한 건, 아마 엄마도 그런 사랑을 받지 못해서일 것이다. 엄마에게도 상처받은 내면 아이가 많을 것이다. 반면, 나는 부모 세대와 달리 경제적, 교육적 혜택을 누리고 자란 세대이다. 또한 심리학을 접할 기회가 많았고, 육아에 대한 관심과 지식이 많다. 물론, 이는 부모에게 배워 몸에 밴 것과 지식의 탐색으로 알게 된 것의 간극이 크다는 걸 의미한다.

내가 엄마를 원망한 이유는, 나를 피해자로 엄마를 가해자로 인식했기 때문이다. 감정은 대물림된다. 따지고 보면 엄마도 피해자다. 할머니의 감정을 대물림받았기 때문이다. 어쩌면 나의 엄마도 나와 같은 어린 시절을 보냈을지 모른다. 엄마도 어릴 때 징징거리거나 떼쓸 때 늘 부정적인 피드백을 받으며 자라지 않았을까. 엄마가 나를 심하게 혼낸 뒤 울면서 사과한 것도 그런 엄마를 보며 자랐기 때문일까. 어릴 때, 엄마가 "엄마는 외할머니가 아는 게 너무 없어서 창피했는데, 엄마는 너에게 그런 엄마가 아니라서 다행이야. 그렇지?"라고 한 적이 있다. 이 말을 떠올리면, 엄마도 나름대로 할머니의 모습을 닮고 싶지 않아 노력했던 거란 생각이 든다. 나름대로 최선을 다하셨으리라.

내가 엄마의 입장이 되어 편지를 써서 내면 아이를 치료하고,

엄마의 시대적 배경을 이해한 뒤에야 나는 엄마를 향한 원망을 멀리 떠나보낼 수 있었다. 그러자 엄마의 내면 아이가 보이기 시작했다. 나는 그 아이도 안아 주었다. 이런 걸 두고 '철들었다'라는 건가 싶었다. 지금은 엄마가 어떤 말을 해도 크게 동요하지 않는다. 그저 엄마의 모습 그대로를 인정하고 받아들일 뿐이다. 그러자 기적 같은 일이 벌어졌다.

화창한 아침, 아이를 깨우니 오만상을 찌푸린다. 벌떡 일어나지 않고 이리저리 뒤척이며 "학교 가기 싫어. 더 자고 싶어."라고 한다. 이전 같았으면 올라오는 화를 참거나 "그러니까 엄마가 어제 일찍 자라고 했어, 안 했어!"라며 다그쳤을 것이다. 그러나 이제는 달랐다. 전혀 화가 나지 않고 아이의 피곤함이 느껴졌다. 나는 "아이고, 우리 우진이, 어제 늦게 자더니 피곤하구나." 하며 아이를 안고 토닥였다. 그러자 아이는 징징거리는 걸 멈추고 씩씩하게 세수하러 화장실로 향했다. 이렇게 욱하고 후회하고, 욱하고 후회하는 일이 사라졌다. 이제는 아이가 징징거려도 화나지 않는다. 정말이다. 아이의 감정에 자극을 받아 내 감정을 주체할 수 없던 나는 이제 없다. 올라오는 화를 억지로 참던 나도 이제 없다. 이제는 징징거리는 아이의 감정만 보일 뿐이다. 어릴 때 울던 나를 내가 안아 주고, 엄마를 원망하지 않으면서 가능한 일이다. 나는 엄마에게 답장을 했다.

엄마에게

엄마, 이제 난 알았어요. 엄마가 나에게 불같이 화를 내고 상처 주는 말을 했어도 그 안에는 언제나 나를 향한 사랑이 있었다는 걸 요. 엄마가 나의 글을 읽고 상처받지 않았으면 좋겠어요. 엄마가 이 모든 걸 인정하지 않아도 상관없어요. 엄마가 나에게 다시 불같이 화내도 상관없어요. 그건 엄마 안에 상처받은 내면 아이 때문이니 까요. 엄마가 어떻게 나오든 엄마가 나를 사랑하는 마음은 그대로 라는 걸, 나는 아니까요.

엄마도 이제 과거 상처에 묻혀 힘들어하지 않았으면 좋겠어요. 엄마도 엄마의 내면 아이와 마주하고 실컷 울면 좋겠어요. 엄마의 내면 아이를 오래도록 안아 주면 좋겠어요. 언젠가 통화하는데, 엄 마가 나에게 사랑한다고 말했죠. 엄마도 나에게 사랑한다는 말을 듣고 싶어 했어요. 그런데 곧 죽어도 그 말을 하기 싫었죠. 엄마는 내 가 엄마를 원망하는지 전혀 몰랐을 거예요.

이제는 말할게요. 엄마, 사랑해요. 너무나 힘들었을 텐데 우리 버리지 않고 키워 주셔서 고마워요. 우리 이제 더는 과거에 머물지 말고 지금을 살아요. 엄마, 우리도 이제 행복하게 살아요.

어느 날, 나에게 공황장애가 찾아왔습니다

# 내면 아이를
# 만나고
# 치유하는 법

내면 아이 치유라는 놀라운 경험을 한 뒤로, 나는 지인들을 만날 때마다 내면 아이에 대한 이야기를 해 주었다. 그러자 지인이 "그런데 나한테 내면 아이가 있다는 걸 어떻게 알아?"라고 물었다. 나에게는 너무나 놀랍고 신선한 질문이었다. 어떻게 상처받은 내면 아이의 존재를 모를 수가 있을까. 나는 내가 그렇듯, 누구나 상처 받은 내면 아이를 인식할 수 있는 줄 알았다. 그러나 아니었다. 지인처럼 평범한 집안 환경에서 감정적으로 상처받지 않고 자란 사람은 내면 아이의 존재를 알 수 없었다. 그렇다면 어떻게 내면 아이를 만나고 안아 줄 수 있을까?

가만히 생각하다가 '초 감정'이라는 단어를 떠올렸다. 초 감정이란, 세계적인 가족 치료 전문가 존 가트맨이 1996년에 정의한 개념으로, '감정 뒤에 있는 감정, 감정을 넘어선 감정, 감정에 대한 생각과 태도, 관점, 가치관' 등을 말한다. 초 감정은 감정이 형성되는 유아기의 경험에서 비롯하며, 무의식적으로 형성된다.

처음 내가 초 감정에 대해 안 것은, 앞서 말했던 남편의 취한 모습에 지나치게 화가 났기 때문이다. 술에 취한 아빠의 모습을 보며 자란 어린 시절의 감정이 불쑥 올라왔던 것이다. 그것도 즉각적이고 폭발적으로 말이다. 나는 이를 지인에게 말했다. "그 초 감정이 느껴지는 찰나를 잘 생각해 봐. 너도 모르게 욱하고 분노가 올라오는 그 지점을 살펴보면, 그 안에 어떤 사건이 있었을 수도 있고 거기에 너의 상처받은 내면 아이가 있을 수 있어." 지인은 곰곰이 생각하더니, 생각이 날 듯 말 듯은 한데 잘 떠오르지 않는다고 했다. 그리고 며칠 뒤, 지인이 최근 남편에게 자신도 모르게 욱해서 큰소리쳤다고 했다. 미친 사람처럼. 이후 감정이 조금 가라앉았을 때 왜 이토록 화가 났는지 생각하다가 상처받은 내면 아이를 만났다고 했다.

지인은 위로 언니가 세 명이 있다. 지인도 공부를 곧잘 했지만, 유독 공부를 잘하는 언니들 틈에서 인정받을 만큼은 아니었다. 그래서 지인은 언니들 틈에서 은근한 비교를 당하며 조금씩 상처를 받고 자랐다. 그러다가 남편의 "그런 게 있어! 너는 말해도 모를 거야."라는 무시하는 듯한 발언에 상처받은 내면 아이가 자극을 받아 폭발한 것이다.

"사실 그날 생각이 날 듯 말 듯했을 때 뭔가 알겠더라고. 내가 어떤 부분에서 상처를 받았는지. 그런데 인정하기가 싫었어. 나는 그저 예쁨과 사랑만 받고 자란 막내딸이고 싶었어."라며 지인은 눈물을 흘렸다. 옆에서 듣던 다른 지인이 말했다. "이제 내면 아이를 알아차렸어. 그럼 그 내면 아이를 어떻게 치유해야 해?"

이번에도 선뜻 대답이 나오지 않았다. 어쨌든 나는 계속 내면 아이를 만났고 치유를 경험했다. 그런데 어떻게 치유한 걸까? 생각해 보니 상처받은 내면 아이 치유는 내면 아이를 알아차리는 바로 그 순간에 이루어졌다. 상처받은 내면 아이를 알아차리는 순간의 깨달음으로 내가 살아온 여정의 퍼즐이 맞춰지는 느낌을 받았다. 그러면 내 감정의 뿌리를 알 수 있고 나 자신을 더 잘 이해할 수 있으며, 내가 왜 그렇게 화가 났는지 혹은 왜 눈물이 났는지 이유를 아는 순간 연민을 느낄 수 있다. 나를 안아 주고 토닥이고 싶은 마음이 저절로 생겼다. 그리고 나는 이를 말로 표현했을 때 조금 더 내면 아이와 가까이 할 수 있었다.

지인들과 이야기하다 보니, 내면 아이와 초 감정의 개념이 굉장히 헷갈렸다. 비슷하면서도 딱 집어 무엇이 다르다고 표현할 수가 없었다. 그러다가 결론을 얻었다. '초 감정은 내면 아이가 느낀 감정이다'라고 말이다.

각계의 전문가는 그들 나름의 용어를 쓴다. 예를 들어, 존 가트맨은 초 감정이라는 말은 사용해도, 내면 아이라는 단어는 사용하지 않는다. 스키마 치료법에서의 '스키마'도 비슷한 개념이다. 결국 이 모든 용어가 대부분 어린 시절의 경험에 맞닿아 있다. 많은 부모가 내면 아이를 대면하는 것을 두려워한다. 아픈 기억을 떠올리는 게 고통스럽기 때문이다. 그럼에도 불구하고 우리는 그 상처받은 내면 아이를 만나야만 한다. 그렇지 않으면 우리는 미성숙한 상태로 아이를 키우고 인간관계를 맺으며 발생한 문제를 해결할 수 없다. 나아가 이러한 행동은 고스란히 아이에게 대물림될 것이다. 인간은 유전자뿐 아니라 감정도 물려준다. 좋은 감정을 물려주고 싶다면, 부모 스스로 자신의 감정 패턴을 인식하고 나쁜 부분이 있다면 개선해야 한다. 이를 인식하지 못하면 나름대로 최선을 다해서 키워도 자녀가 자신을 원망했을 때 그 이유를 알지 못할 수 있다.

어느 날, 지인이 자신이 어린 시절 느낀 수치심을 엄마에게 고백했다고 한다. 그러자 지인은 엄마는 불같이 화를 내며 "얘는 내가 언제 그랬다고 그러니!"라고 말했다 한다. 지인과 나는 크게 웃었다. 받아들이지 못할 거라고 생각은 했지만, 그리 유순한 성격의 엄마가 불같이 화를 내셨다니. 지인은 예전 같으면 화가 났겠지만, 지금은 오히려 웃음이 났다고 했다. 내면 아이를 치유했기 때문이다.

내면 아이 치유는 단시간에 이루어지지 않는다. 엄밀히 말하자면 그간의 사고 패턴을 깨야 하기 때문이다. 내면 아이 치유는 수십 년간 살아오면서 쌓아온 나의 습관, 생각, 경험, 지식, 행동 이 모든 것을 바꾸는 일이다. 나의 부모님 그리고 그 윗세대부터 내려오던 감정의 대물림을 깨부수는 일이다. 내 깊은 고통을 다시 마주하는 일은 쉽지 않지만, 그래도 나의 자녀를 위해서 꼭 해야 할 일이다. 내 대에서 나쁜 감정의 대물림을 끊어내자. 아이에게 좋은 감정을 물려주는 것이 결국 진화라고 생각한다. 고통받는 어른이 아닌, 행복한 어른이 되도록 하자.

# 아이에게 초 감정과
# 내면 아이를
# 알려 주었더니

자유란 나에게 있었던 일들을
내가 다루는 것이다.
_ 사르트르(Jean Paul Sartre)

　　내면 아이 치유를 경험하고 나니, 지난날 내 아이의 아픔이 느껴져 아이에게 사과해야겠다고 마음먹었다. 그래서 아이에게 초 감정과 내면 아이에 대해 이야기했다. "엄마가 당시에 엄마도 모르게 내면에 상처받은 아이가 자극을 받았더라고. 그래서 우리 우진이의 아픔을 제대로 바라보지 못했어. 엄마가 감정 조절을 잘 못했어. 그때 자주 화내서 엄마가 정말 미안해." 그러자 아이는 "응!"이라고 답했다. 그야말로 쿨하게.

　　그날 나는 아이에게 나의 상처받았던 이야기를 쏟아내며 눈물을 흘렸다. 그러자 아이는 자신의 이야기를 하기 시작했고, 나는 진지하게 들었다. "우리 우진이가 아주 속상했구나." 아이는 나와 남편이 싸울 때 침대에 누워 엄마의 화가 풀릴 때까지 기다렸다고

어느 날, 나에게 공황장애가 찾아왔습니다

했다. 나는 형제가 있어서 기댈 데라도 있었지, 내 아이는 혼자였기에 그냥 혼자 견뎌 왔던 것이다. 아이가 얼마나 외로웠을지를 생각하니 너무 미안했다. 아이가 울면서 계속 이야기할수록 마치 내가 어머님께 이야기를 쏟아내고 내면을 치유한 날이 떠올랐다. 우리 아이도 치유가 된 게 분명했다. 두 시간이 넘는 시간 동안 이야기를 쏟아 낸 아이가 훌쩍이며 말했다. "마음이 시원하다."

그 후로도 아이는 몇 번 더 속마음을 털어놓았다. 놀라운 것은 꽁꽁 숨겨 왔던 1학년 때 안 좋은 기억을 허심탄회하게 털어놓은 것이다. 선생님께 질문했는데, 날 선 목소리로 "네가 똑똑한 건 알겠는데!"로 시작한 답변에 대한 이야기와 잎이 없는 바오바브나무를 그렸는데 선생님이 교실에 걸어놓으려고 임의로 잎과 열매를 그린 이야기도 했다. 수업 시간에 돌아다녀도 전혀 제지하지 않는 선생님을 신뢰할 수 없었다는 이야기도 했다. 여태 말로 표현하지 않았을 뿐, 그런 상처를 마음속에 쌓아왔다는 게 놀라웠다. 그리고 전학한 학교생활에 대해서도 이야기도 했다. 영어 시간에 친구들이 칠판에 낙서하기에 같이 했는데 선생님이 아이에게만 "낙서하지 마~"라고 했다는 것이다. 그래서 혼나는 줄 알고 돌아섰는데, 선생님이 "그림 잘 그리네."라고 말씀하셔서 눈물이 나올 것 같았다고 했다. "엄마, 그때 그 선생님의 말이 삐뚤어지려는 나를 돌려 세웠어. 엄마, 나는 왜 그렇게 그 말이 좋았을까? 왜 그렇게 그 말이 좋아?" 아이는 말하며 또 눈물을 흘렸다. 1학년 때 문제아로 낙인찍혀 부정적 피드백만 받던 아이가 처음으로 칭찬과 인정을 받아 감동한 것 같다. 나는 그간의 이야기를 통해 아이의 상처가 얼마나 깊었는지 알 수 있었다.

그리고 나는 이제야 아이의 말에 동요하지 않고 위로를 건넬 수 있었다. 그러던 어느 날부턴가 갑자기 아이가 아기 놀이를 시작했다. 기어 다니는 아기 흉내를 내며 자꾸만 안아 달라고 한 것이다. 나는 아이가 해달라는 대로 정말 아기를 다루듯 안아 주고, 그림책을 읽어 주고, 자장가를 불러 주었다. 매일 반복되는 아기 놀이가 귀찮아질 즈음 문득, 내가 산후 우울증으로 힘들어할 때 충분히 사랑받지 못한 것을 아이가 충족하려고 하는 걸까 싶었다. "우리 우진이가 그때 엄마에게 사랑을 많이 못 받아서 지금이라도 받고 싶어 이러나 보다." 아이가 고개를 끄덕였다. 나는 아이를 꼭 안았다. 아이의 아기 놀이는 장장 두 달이나 이어졌다.

크리스마스트리를 아이가 실수로 넘어뜨린 적이 있다. 크리스마스트리에 달아 놓은 장식이 이리저리 굴러가자 남편이 욱하며

"너는 왜 그렇게 조심성이 없어! 잘 보고 다녀야지!"라고 했다. 그러자 아이가 "엄마, 초 감정! 초 감정!"이라고 했다. 나와 남편은 박장대소했다. 예전 같으면 서로 기분이 상해 큰소리가 오갔을 상황이지만, 우리는 웃고 있었다. "초 감정은 무슨 초 감정이야. 얼른 치워." 남편이 겸연쩍어하며 말했다. 아이에게 초 감정과 내면 아이에 관해 이야기해 주지 않았다면, 내가 아이에게 진심으로 사과하지 않았다면, 이런 날들은 오지 않았을 것이다. 아이에게 미안한 일이 있다면 지금 당장 진심으로 사과하자. 아이는 누구보다도 쿨하게 용서할 것이다.

# PART 5

# 깨닫는 삶,
# 감사한 삶,
# 행복한 삶

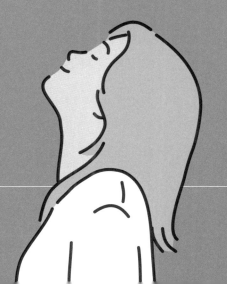

# 나는
# 한 달에 한 번
# 괴물이 된다

눈뜨자마자 온몸이 쑤신다. 짜증이 밀려온다. 일어나야 하는데 쉽지가 않다. 잠시 눈을 붙였다 다시 뜨자 시간이 훌쩍 지나 있다. 젠장. 일어나니 코를 골며 자는 남편이 보인다. 어제 술 마시고 들어와 쿨쿨 자는 남편이 꼴 보기 싫다. 학교에 가야 하는 아이를 깨운다. 아이가 징징댄다. 짜증이 심하게 난다. 문을 열고 거실로 나가는데 어제 먹다 남은 오리탕 냄새가 역겹다. 순간, 미간에 힘이 팍 들어간다. 아이는 계속 징징댄다. 아침 밥상에서 반찬 투정도 한다. 어머님이 옆에서 도와주겠다고 한마디 하는 게 또 짜증이 난다. 지각할 것 같아 조급하다. 시간이 없어 아이에게 구강청결제로 대충 헹구고 가자고 하니, 또 이를 닦겠단다. 짜증은 욱으로 폭발한다. "그럼 이 닦고 가! 엄마는 늦어서 먼저 가야 해!" 아이가 울부짖는다. 나는 우는 아이를 뒤로하고 온갖 짜증을 둘러업은 채 무거운 발걸음을 옮긴다.

한 달에 한 번 나는 괴물이 된다. 별거 아닌 일에 짜증이 나고 별거 아닌 일에 화가 난다. 만사가 나를 화나게 한다. 평소보다 예민해지고, 짜증이 늘고, 화가 많아지면 결국 누군가와 다툼이 생긴다. 그 상대는 보통 가족이다. 그렇게 분투하고 나면 어김없이 생리를 시작한다. 아차. 내가 생리 전 증후군으로 예민했구나. 언제나 감정이 요동칠 땐 모르다가 지나고 나면 깨닫는다.

생리 전 증후군은 생리와 관련한 정서 장애로, 생리를 하기 2~10일 전에 나타났다가 생리 시작 24시간 이내로 사라지는 증상이다. 신체적으로는 피로, 두통, 허리 통증, 유방 팽만감 및 통증, 가스 팽만, 골반통, 체중 증가, 배변 장애, 더부룩하고 메스꺼움, 근육통으로 나타나고 정서적으로는 불안, 예민함, 긴장감, 타인에 대한 적개심, 집중력 상실, 기억력 감퇴, 인지력 장애, 집중력 장애, 우울증, 식욕 변화, 성욕 감퇴, 공격적 성향, 파괴적 충동, 자살 기도 등이 나타난다(삼성서울병원 건강 이야기 참고). 정확한 원인은 밝혀지지 않았으며, 가임 여성 중 2~4.5%가 경험한다. 그만큼 여성에게는 흔한 증상이다.

감정이 요동치는 게 싫어서 나는 달력에 나의 감정을 적기 시작했다. 감정의 강도를 1~10으로 책정해, 언제쯤 짜증이 늘고 예민해지고 화가 나는지를 기록했다. 그 결과 나는 생리 시작 딱 일주일 전부터 예민해지기 시작한다는 걸 알아냈고, 나는 그 기간을 '감정 조절 주의 기간'이라고 써 놓았다. 그렇게 기록한 지 6년 만에 나는 생리 전 증후군을 다스릴 수 있었다. 생리 전 증후군을 다스릴 수 있다는 것은 예민함과 짜증, 화가 없어졌다는 게 아니라 그 감정들이 폭발하지 않게 잘 다독일 수 있게 되었다는 말이다. 감정에 불이 붙어 폭발하기 전에 말로써 표현할 수 있게 되었다는 것이다. 감정 조절 주의 기간에 아이에게는 이렇게 말했다. "우진아, 엄마가 지금 좀 예민해. 너 때문이 아니야. 이해 좀 해 줘. 미안." 남편에게는 이렇게 말했다. "나 지금 생리 전 증후군이라 그래. 자극하지 말아 줘(남편에겐 곧 죽어도 미안하단 말이 나오지 않는다)."

감정 조절 기간에는 조금 더 예리하게 내 감정을 관찰했다. 내 감정을 관찰하는 또 다른 인간의 탄생이다. 내가 나를 인식하는 것, 즉 인식에 대한 인식은 다름 아닌 '메타인지'이다. 메타인지란 쉽게 말해, 내가 무엇을 알고 무엇을 모르는지를 아는 것을 뜻한다. 내가 나에 대해 파악하는 것이라 봐도 좋겠다.

어린 시절, 아빠의 술주정과 잦은 실직으로 인해 엄마는 고된 삶을 살았다. 감정 조절에 서툴고 우리 때문에 어쩔 수 없이 산다는 느낌이 있었다. 또한, 아이는 자기중심적으로 세상을 볼 수밖에 없기 때문에, 부모의 부정적인 감정을 자기 탓으로 돌리는 습성이 있다. 그래서 나는 나 때문에 엄마가 힘들다고 생각하고 나를 쓸모없는 사람으로 여겼다. '차라리 내가 태어나지 말아야 하는데.'라고 생각하며 수치심을 키워 나갔다. 브레네 브라운은 《나는 왜 내 편이 아닌가》에서 수치심에 대해 자세히 다루었다. 그녀는 당혹감, 죄책감, 모욕감은 수치심과 별 구분 없이 사용되는 용어들이라며, 각각의 감정이 수치심과 어떻게 다른지 알려 주었다.

*죄책감과 수치심은 둘 다 자기평가의 감정이다. 그렇지만 공통점은 그뿐이다. 죄책감은 '나쁜 행동을 했다'이고, 수치심은 '나는 나쁘다'이다. 죄책감이 '행동'에 국한된 것이라면, 수치심은 '존재'로까지 확대된다. 시험을 보면서 부정행위를 했다. 죄책감을 느끼고 속으로 '다시는 그러지 말아야지.' 하고 생각한다. 그렇다면 이는 죄책감이다. 반면 부정행위를 한 것에 대해 수치심을 느끼면, '나는 거짓말쟁이고 사기꾼이야. 난 바보 같고 나쁜 사람이야.'라고 생각하게 된다.*

즉, 수치심이란 나에게 결점이 있어서 사랑이나 소속감을 누릴 가치가 없다고 생각할 때 느끼는 극심한 고통을 뜻한다. 나는 내가 나를 파악할 수 있을 때 비로소 이 극심한 고통에서 벗어났다. 나는 그간 실수할 때마다 수치심을 느꼈다. "역시 넌 바보 같아. 아무짝에도 쓸모없어."라면서 말이다. 그러나 그 깊은 수치심의 수렁에서 벗어난 지금은 그렇지 않다. "아, 내가 이래서 이런 감정을 느꼈구나. 이제는 괜찮아."라고 한다.

소크라테스는 '너 자신을 알라'라고 했다. 우리는 나 자신을 알 필요가 있다. 왜 외롭고, 괴로우며, 불안한지를 알아야 한다. 그러려면 메타인지를 통해 나를 관찰해야 한다. 감정의 메타인지를 키우면 나를 연민하고 사랑할 수 있다.

오늘 당장 자신을 관찰해 보라. 감정에 휘둘리지 말고 잠시 나를 바라보라. 왜 이런 감정을 느끼는지 이유를 알게 될 때 비로소 그 고통에서 벗어날 수 있다.

# 부부 사이에도
# 적정한 거리가
# 필요하다

나는 그야말로 금사빠였다. 그러나 그만큼 또 사랑에서 쉽게 빠져나왔다. 그러니 제대로 된 연애를 해 봤을 리 만무하다. 돌이켜보면 나의 연애 패턴을 두 가지로 정리할 수 있겠다.

첫 번째는 내가 상처받기 전에 먼저 떠나기이다. 상대가 조금만 나에게 소홀해지면 '내가 싫어졌을까 봐, 나를 떠날까 봐'라는 이유를 들며, 더 상처받기 전에 그리고 상대를 사랑하는 마음이 더 커지기 전에 관계를 정리해 버렸다. 도통 납득할 수 없는 이유로 떠나는 나를 보며 상대는 얼마나 상처를 받았을까 싶다. 두 번째는 끊임없이 사랑을 확인받으려다 버림받는 것이다. 물론 가끔은 내가 상처받기 전에 떠나는 시기를 놓쳐 관계를 이어나가기도 했다. 그러나 그럴 땐 끊임없이 사랑을 확인받으려 했다. 자주 토라졌고 작은 일에 의미를 두었다. 그러자 상대는 어느 장단에 맞춰야 할지 모르겠다며 도망갔다. 조금의 틈도 주지 않는 나로 인해 상대는 얼마나 숨이 막혔을까.

　내면 아이를 치유하며, 이 또한 어린 시절의 환경과 관계가 있다는 걸 알았다. '혹시 상대가 나의 단점을 보고 나를 싫어하면 어쩌지, 나를 버리면 어쩌지.' 하는 불안감에 기인한 것이다. 엄마는 내가 어떤 성과를 냈을 때만 나를 인정해 주었고, 나의 부정적인 감정에 엄마는 늘 부정적으로 반응했다. 이런 엄마의 결과 중심적인 양육 태도로 인해, 나는 늘 버림받을까 봐 불안했다. 이는 훗날, 내가 성인이 되어 인간관계를 맺을 때도 오롯이 영향을 미쳤다. 또한, 술을 먹지 않았을 때는 천사 같다가 술만 마시면 돌변하는 아빠와 불같이 화를 내고 너무 깊이 사과하는 엄마, 일관성 없는 부모님의 양육 태도는 나의 감정에 대한 확신을 갖지 못하게 했다. 사소한 것도 스스로 결정을 내리지 못했으며, 결정하고 난 뒤에는 자주 후회했다. 타인의 말에 잘 휘둘리고, 나중에는 내 생각이 옳은지 그른지조차 알 수 없게 되었다. 마치 자아가 없는 사람처럼 말이다.

　이렇게 버림받을까 봐 불안하고, 자신을 믿지 못하는 나의 모든 결핍을 채워 주는 사람을 만났다. 바로 내 남편이다. 남편은 사회 초년생 시절, 아무것도 모를 때 만났다. 나보다 나이가 많으니 당연히 나보다 아는 게 많고, 꼼꼼하고 합리적으로 결정을 내리는 것처럼 보였다. 내가 무엇을 물어보면 남편은 정답 같은 말을 해 주었고, 조언도 어른스러웠다. 나는 남편에게 자연스럽게 의지했고, 결혼까지 했다. 물론, 결혼을 결심한 건 단 한순간도 버려질 것 같은 두려운 마음이 들지 않았기 때문이다. 2년 반이라는 짧지 않은 연애 기간 내내 하루도 빠짐없이 만나며 소홀함을 느낀 적이 없었다. 어찌 되었든, 남편은 나의 결핍을 완벽히 충족해 주었다. 행복했다. 그러나 아이를 낳고는 또다시 불안해졌다. 아이를 낳고 푹 퍼져 버린 데다 어떤 옷을 입어도 태가 안 나는 몸매를 보며, 헝클어진 머리를 고무줄 하나로 질끈 묶어 올린 촌스러운 헤어스타일을 보며 버려질 것 같았다. 나는 언제나 남편에게 수용 받고 싶고, 내 편에 서 주길 바랐다. 그래서인지 아주 사소한 일에도 남편에게 서운하고 화가 났다. 내 행동에 조금이라도 기분 나빠하는 것 같으면 버림받은 기분이 들었다.

당시에는 이런 감정이 나의 마음에서 비롯한다는 걸 몰랐다. 내면 아이를 치유하고 보니, 어린 시절에 부모님께 받지 못한 욕구 충족을 남편에게 끊임없이 갈구하고 있었다는 걸 알았다. 수년 전

어느 날, 나에게 공황장애가 찾아왔습니다

에 지인 부부와 저녁을 먹으며 함께 시간을 보낸 적이 있는데, 다음 날 지인이 나에게 이런 말을 했다. "선생님 부부는 부부 같은 느낌이 아니에요. 마치 남편 분이 보호자 같다랄까?" 당시에는 웃고 넘겼지만, 이제는 무슨 말인지 너무도 잘 안다.

그동안 나는 얼마나 많이 남편에게 의지했던가. 부부싸움을 하고 나면 온종일 괴롭고, 남편의 행동과 말 한마디에 내 기분이 좌지우지되었다. 특히, 내가 공황 발작 증세로 응급실에 가자고 했던 날, 응급실에 가 봤자 특별할 거 없다고 말하던 남편에게 나는 완벽히 버림받았다는 느낌을 받았다. 정말로 그날 이후 남편에게 마음의 문을 굳게 닫았으니까. 그날 이후 나는 남편에게 도움을 청하지 않고 모든 것을 스스로 결정하고, 위로받고자 하지 않았다. 아무것도 의지하지 않았다.

그러다가 이 사람과 끝까지 함께하지 않을 수도 있다고 마음먹자 신기한 일이 벌어졌다. 남편이 나에게 조금 더 바짝 다가온 것이다. 집안일도 많이 하고, 다정한 말도 자주 했다. 그러나 이런 남편과 적정 거리를 맞추기까지 2년의 세월이 걸렸다.

남편과 수없이 싸우며 깨달은 것은 '적정한 거리 두기'가 부부

사이를 좋게 하는 핵심이라는 점이다. 고슴도치끼리 너무 가까워지면 서로의 가시에 찔리듯이, 부부 사이도 너무 가까우면 섭섭하고 상처받기 쉽다. 그러려면 각자가 정서적으로 독립해 홀로 설 수 있어야 한다. 나는 부모에게서 얻지 못한 결핍을 남편에게서 얻으려 했었다. 그러나 내면 아이 치유를 한 지금은 그렇지 않다. 힘들고 외로울 때 당연히 남편의 존재는 든든하지만, 나 자신을 위로하고 안아 줄 수 있게 되었다. 우리는 이제 더는 부모에게서 얻지 못한 것을 타인에게 얻으려 해서는 안 된다. 나를 들여다보자. 혹시 나의 결핍을 남편, 아내, 자식, 친구, 지인, 애인에게서 얻으려 하지는 않은가? 그러나 어린 시절에 생긴 나의 결핍은 오로지 나 자신만이 채워 줄 수 있다. 또한, 내가 홀로 설 수 있을 때 비로소 타인을 위로해 줄 수 있다. 홀로 서자. 진짜 어른이 되자.

# 나는
# 가장 든든한
# 내 편

자기 경멸은 결코 지속적인 변화를
끌어내지 못한다.

_ 비벌리 엔젤/*Beverly Engel*, 《좋은 부모의 시작은 자기 치유다》 중에서

내가 그 누구보다 싫어하던 사람이 바로 나였다. 나는 끊임없이 나에게 "너는 쓸모없는 사람이야, 네가 그럼 그렇지, 넌 구제불능이야, 뼛속까지 잘못되었어, 너 따위가 엄마라니, 꼴도 보기 싫어."라고 말했다. 고등학교 시절에는 자기 경멸의 말로 공책 두 장을 꽉꽉 채운 적도 있다. 이 집요하고 악의적인 내면의 비판자는 어디에서 온 것인가. 바로 다름 아닌, 어린 시절의 내 부모에게 온 것이다.

누군가는 모든 걸 부모 탓으로 돌리는 것 같다고 할 수 있겠다. 그러나 분명한 것은, 어린 시절 부모의 양육 태도와 환경은 한 사람의 인생을 좌지우지할 정도로 큰 영향을 준다는 것이다. 나의 내면의 비판자가 가장 많이 하는 말은 '너는 쓸모없는 사람이야'였다. 나는 늘 내게서 수치심을 느꼈다. 기억에 남는 사건이 있다.

여덟 살 무렵, 나는 엄마의 사촌 동생 집에 놀러간 적이 있다. 나는 그분을 작은엄마라고 불렀는데, 작은엄마에게는 나와 동갑 내기 아들이 있었다. 그리고 나는 종종 엄마가 작은엄마를 부러워 한다는 걸 알고 있었다. 작은엄마의 집은 정말 넓고 깨끗하고 고급 스러웠다. 우리 집과는 너무도 다른 환경에 깜짝 놀랐는데, 어른이 되어서야 그 감정이 '위화감'이라는 걸 알았다. 낯가림이 심한 나는 당시 친척들과 어울리지 못했다. 그저 집에 빨리 가고 싶은 마음 뿐이었다. 그러나 엄마와 작은엄마의 대화는 끊이지가 않았다. 할 수 없이 나는 수박을 먹으며 친척이 하는 게임을 슬쩍슬쩍 쳐다보 았다. 수박은 맛있었다. 그런데 속이 부대끼기 시작했다. 구토가 올 라왔다. 나는 서둘러 엄마에게 말했고, 엄마는 나를 데리고 화장 실로 향했다. 수세식 화장실이 익숙지 않아 급하게 세면대에 먹은 수박을 다 쏟아냈다. 기운이 쭉 빠졌다. 엄마는 수박으로 꽉 막힌 세면대를 보며 어쩔 줄 몰라 했고, 집으로 오며 나에게 "오늘 엄마 가 얼마나 창피했는지 몰라."라고 했다. 그 말에 내 마음은 온통 엄 마에 대한 미안함으로 가득 차 버렸다. 속이 안 좋아 힘든 건 중요 하지 않아졌다. 내가 아프든 말든 그저 엄마에게 창피를 준 게 미 안하고 수치스러웠다. 나에게 아픈 건 괜찮냐고 물어봐 주었더라 면 얼마나 좋았을까. 창피했더라도 그건 속으로만 생각했다면 얼마나 좋았을까.

　내면의 비판자의 목소리는 부모의 목소리라고 한다. 사실 나에게 있어 내면의 비판자 역할을 하는 부모님의 목소리는 딱 두 가지뿐이다. 위에서 말한, 엄마가 나에게 창피하다고 했던 말과 한창 외모에 예민해 있을 중학교 시절에 아빠가 한 허벅지가 두껍다는 말. 그 외에는 생각나는 말이 없다. 그런데도 왜 나의 내면에는 비판자가 이렇게 활개를 치는 걸까. 그건 꼭 말이 아니라, 눈빛과 태도, 행동으로 하는 언어 때문일 것이다. 나는 부모님의 삶에 대한 태도와 나를 바라보는 눈빛, 싸우는 모습을 끊임없이 보며 내면의 비판자를 키웠던 것이다.

　많은 책에서 긍정적으로 생각하라고 한다. 그러나 이렇게 강력한 내면의 비판자가 있는 내게는 너무나 힘든 일이다. 그렇다면 이 지독한 내면의 비판자를 어떻게 물리치는가? 《좋은 부모의 시작은 자기 치유다》를 쓴 비벌리 엔젤은 이렇게 말한다. "마음속 비판자를 잠재우는 가장 강력한 방법 가운데 하나는 마음속 비판자가 하는 말에 그냥 수긍하는 것이 아니라 적극적으로 말대답하며 반박하는 것이다." 나는 정말로 이렇게 해 보았다. 내면의 비판자가 "넌 배가 나왔어. 어깨도 구부정해. 좀 웃어라. 활짝! 주름 좀 봐."라고 하면, "내 나이에 이 정도면 괜찮지. 그런 소리 하지 마. 너나 잘해! 난 충분히 괜찮아."라고 받아쳤다. 책 쓰기를 결심한 순간, 내면의 비판자가 난동을 피웠다. "너에게는 무리야. 네가 무슨 책을 쓴다고 그러니? 책은 아무나 쓰는 게 아니야! 제발 네 주제를 파악해."

책을 쓰는 내내 나는 내면의 비판자와 싸우느라 힘이 들었다. 저항해 보지만 끝끝내 정복당하는 날도 부지기수였다. 그러나 포기하지 않았다. 꾸역꾸역 글을 썼다. 그러던 어느 날, 내면의 비판자가 또 목소리를 내기 시작했다. "네가 무슨 책을 쓰겠…" 그런데 비판자의 말이 끝나기도 전에 내가 말했다. "그만!" 그러자 내면의 비판자의 목소리가 끊겼다. 그리고 나는 이렇게 말했다. "할 수 있어!" 감격의 순간이었다. 비벌리 엔젤은 이렇게 말한다. "건강한 수준의 자기연민이야말로 마음속 비판자가 내뿜는 독에 대한 직접적인 해독제다. 따뜻하게 달래 주는 '마음속 돌봐 주는 목소리'는 마음속 비판자가 내뿜는 독을 중화시킨다. 부드러움은 잔인함과 거부를 녹여 준다. 그러니 자기 비판적이 되거나 절망하는 마음이 들 때마다 마음속에서 돌봐 주는 목소리를 불러내어 연민과 이해하는 마음으로 자기 자신과 대화를 나누는 연습을 하자."

내면 아이 치유를 경험하고, 그토록 싫어하던 나에게 처음으로 연민을 느꼈다. 나는 상처받은 내면 아이를 내 딸로 생각하기로 했다. 나의 부모에게서 듣고 싶었던 말, 받고 싶었던 사랑을 나 스스로 주기로 했다. 더는 부모님에게 내가 원하는 사랑을 갈구하지 않기로 했으며, 미래의 나를 '마음속을 돌봐 주는 목소리'를 내는 사람으로 만들기로 했다. 과거의 나는 현재의 내가 토닥이고, 현재의 나는 미래의 내가 토닥이는 것이다. 지금의 내가 실수를 한다면 또다시 내면의 비판자가 목소리를 높일 수 있지만, 미래의 내가 토닥이고 위로할 거라 생각하니 든든했다.

나를 내 편으로 생각하고 나를 사랑하게 되면서 또 한 번 놀라운 경험을 했다. 바지를 입을 때마다 두꺼운 허벅지 때문에 못마땅했는데, 지금은 결혼 전보다 10kg이나 쪘음에도 불구하고, 내 허벅지가 꽤 괜찮아 보인다. 평생 끼고 다니던 색안경을 벗어던지고 이제야 또렷이 진실을 보는 기분이다.

# 나름대로가 아닌
# 너름대로

아이가 어릴 때 놀이동산에 데리고 간 적이 있다. 평소에는 자가용을 이용하다가 그날은 버스를 탔는데, 버스에서 보는 풍경이 새로웠는지 아이는 연신 "엄마! 저기 좀 봐!"라며 꾀꼬리 같은 목소리로 쫑알댔다. 그러다가 버스에서 내려 놀이동산으로 가는데 갑자기 아이가 따라오지 않았다. 뒤돌아보니 분수를 보며 감탄하는 아이가 보였다. 나는 별 감흥이 없었지만, 처음 본 분수에 마음을 뺏긴 아이가 사랑스러워 간신히 돌려세워 사진을 몇 장 찍었다. 테마파크의 입구에 다다를 즈음, 아이는 또다시 다른 데에 시선을 빼앗겼다. 간단한 글과 모양을 그리며 내려오는 물줄기였다. 나는 사진을 찍으려고 핸드폰을 꺼내 들고 아이를 불렀다. "우진아, 뒤돌아봐. 사진 찍자." 그러나 아이는 대꾸도 없이 그저 물줄기만 바라보고 있었다. "뒤돌아야 사진을 찍지. 엄마 보라니깐!" 그렇게 몇 번 소리를 치다가 '너름대로'라는 말을 떠올렸다. 그래서 아이의 앞모습이 아닌 뒷모습을 찍어 주며 호기심을 충족할 때까지 기다려 주었다. 《엄마학교》의 저자 서형숙은 "많은 사람이 나름대로 열심히 했는데도 문제가 되었다고들 한다. 그러나 그건 내가 생각하기에 좋은 것, 내가 보기에 마땅한 것을 선택했기 때문이다. 우리는 상대방, '너'를 위주로 생각해야 한다. '나'가 중심인 '나름대로'가 아니라, '너'가 중심인 '너름대로'가 옳다."라고 했다.

내가 사진을 찍자고 했던 건 순전히 '나' 중심의 생각이었다. 내가 아이의 사진을 찍고 싶은 '나름대로'의 생각 때문에 물줄기가 마냥 신기해 계속해서 보고 싶은 아이를 억지로 돌려세우려 한 것이다. 살아오면서 아이와 가족, 지인들에게 너를 위해서 한 일이라고 여긴 것들을 곰곰이 생각해 보았다. 그러고는 상대방에서 서운해한 일이 떠올랐다.

이 글을 쓰면서 그때 찍은 아이의 뒷모습 사진을 찾아보았다. 아이의 표정을 알 수 없지만, 그날 내가 찍고자 했던 사진을 찍는 것보다 더욱 값진 것이 우리 아이에게 남았을 거라는 생각에 나도 모르게 입가에 미소가 지어진다.

# 사소한 일이
# 우리를 위로한다

늘어서 자기가 사랑했던 것들을 떠올리게 되면
좋은 점만 생각나지 나쁜 점은 절대 생각나지 않는다.
_ 포리스트 카터(Forrest Carter), 《내 영혼이 따뜻했던 날들》 중에서

어깨가 아파 매일 치료를 받으러 오는 환자분이 있었다. 환자분의 삐뚜름한 어깨의 높이에서 오랜 시간 질환을 앓았음을 알수 있었다. 그분은 치료 중에 기침을 많이 했다. 유난히 기침을 많이 하던 날 환자분이 말했다. "진폐증 때문에 기침하는 거예요. 옮는 거 아니에요." 그간 오해를 많이 받아서 하시는 말씀 같았다. "네. 힘드시겠어요." 기침이 잦아들자 환자분이 말했다. "내가 40년이 넘게 공사장에서 일했어요. 그랬더니 진폐증이 오더라고요.", "그렇게 오래 일하셨으면 돈은 많이 벌어 놓으셨겠네요.", "돈이요? 돈은 하나도 안 남았어요. 남은 건 골병뿐이죠." 남은 건 골병뿐이라는 말씀에 환자분의 깡마른 어깻죽지가 유난히도 도드라져 보였다. 사실 이 환자분은 물리 치료의 의미가 그다지 없는 분이었

어느 날, 나에게 공황장애가 찾아왔습니다

다. 어깨를 싸고 있는 힘줄들이 많이 손상되어 있어 수술 밖에는 방법이 없었다. 하루라도 빨리 수술하면 좋으련만, 환자분에게는 수술비가 모자랐다.

그렇게 수개월을 물리 치료로 버티다가 드디어 수술비가 마련되었는지 수술하러 가셨다는 말이 들렸다. 그런데 얼마 후 뜻밖의 소식이 들렸다. 돌아가셨다는 것이다. 폐 기능이 안 좋아져서 돌아가셨다는 말에 충격을 받았다. 당장이라도 삐뚜름한 어깨로 다시 문을 열고 들어오실 것 같았다. 수십 년간 일한 대가로 고통을 받고, 이제야 그 고통에서 벗어나려 했는데 이렇게 끝이 나다니. 사람의 목숨이란 질기고 질긴 것 같다가도 이럴 때 보면 허망하다.

환자분의 소식을 듣고 난 뒤, 살고 죽는 것보다 중요한 문제가 있을까 싶어졌다. 인간은 한 치 앞의 미래를 모르는 법이다. 내가 언제 죽을지 누가 알겠는가. 내가 지금 고민하는 것, 전전긍긍하고 있는 것이 얼마나 사소한가. 문득 《내 영혼이 따뜻했던 날들》에서 할아버지가 한 "참 묘한 일이지만 늙어서 자기가 사랑했던 것들을 떠올리게 되면, 좋은 점만 생각나지 나쁜 점은 절대 생각나지 않는다. 그게 바로 나쁜 건 별거 아니라는 걸 말해 주는 것이다."라는 말이 생각났다. 할아버지가 나쁜 건 별거 아니라고 말했듯, 지금 내가 나쁘다고 생각하는 것은 별거 아닌 일인지도 모르겠다. 한편, 프랑스의 철학자 블레즈 파스칼은 "사소한 일이 우리를 위로한다. 사소한 일이 우리를 괴롭히기 때문이다."라고 했다. 사소한 일에 괴로워 말고, 기뻐하고 감사하며 위로받는 내가 되어야겠다. 죽음이 멀리 있는 것처럼 느껴지듯, 나에게 일어나는 외부적인 일이든 내부적인 일이든 멀리 바라볼 줄 아는 내가 되어야겠다.

# 상상력을
# 키우자

할머니도 상상할 수 있으신가요?
할 수 있다면 저희 입장이 되어 보세요.
_ 루시 모드 몽고메리(*Lucy Maud Montgomery*), 《빨간 머리 앤》 중에서

어릴 때 좋아했던 만화 영화 〈빨간 머리 앤〉을 책으로 읽었다. 읽는 내내 즐거웠다. 앤의 특기라면 단연코 풍부한 상상력이다. 때로는 상상 속에 너무 빠져들어 실수도 하지만, 사랑하지 않을 수가 없는 캐릭터다.

앤이 친구 다이애나의 집 손님방에서 묵기로 한 날, 두 소녀는 신바람이 나서 침대 위로 뛰어든다. 그런데 그 침대에는 다이애나의 무서운 할머니 조세핀 할머니가 누워 있었다. 이 일로 조세핀 할머니는 엄청나게 화가 났고, 앤은 떨리는 마음으로 사과를 한다. 그러자 할머니는 "그저 재미였다는 말은 변명이 될 수 없다. 내가 어릴 땐 여자애들이 재미있다고 아무런 행동이나 막 하지 않았다. 길고 고된 여행을 마치고 곤히 자는데 다 큰 여자애 둘이 몸 위로

뛰어드는 바람에 잠을 깨는 게 어떤 기분인지 너는 모르겠지."라고 말한다. 이에 앤은 "잘 모르겠지만 상상은 할 수 있어요. 굉장히 놀라고 화가 나셨을 것 같아요. 하지만 저희도 나름 이유가 있었어요. 할머니도 상상할 수 있으신가요? 할 수 있다면 저희 입장이 되어 보세요. 저희도 침대 위에 누가 있을 거라곤 생각도 못 했고, 할머니 때문에 놀라 기절할 뻔했어요. 얼마나 놀랐는데요. 게다가 손님방에서도 못 잤어요. 할머니는 손님방에서 주무시는 게 익숙하시겠죠. 하지만 할머니가 한 번도 그런 특권을 누린 적 없는 고아 여자애라면 기분이 어땠을지 상상해 보세요."라고 말한다. 그리고 자신들의 기분이 어땠는지 할머니에게도 상상해 보라고 한다.

이 부분을 읽다가, 예전 내가 만난 어느 할머니 환자분이 퍼뜩 떠올랐다. 파라핀 치료를 하는 환자분이었는데, 늘 알려준 대로 하지 않고 본인 뜻대로 해서 치료실을 온통 더럽히고 가셨다. 그래서 나는 매번 할머니 옆에 앉아 설명하고 또 설명했다. 그러던 어느 날, 환자분이 말씀하셨다. "내가 아들만 둘이야. 그런데 내가 만약에 자네 같은 딸이 있으면 참 싫겠다고 생각했어. 매일 옆에서 똑같은 잔소리를 하니까." 아이고. 대놓고 내가 싫다는 할머니 말씀에 어처구니가 없었다. 오기가 발동한 나는 이렇게 말했다. "할머니, 만약 할머니한테 매일 같은 말을 하는데도 안 듣고 자기 마음대로 하는 엄마가 있으면 어떨까요?" 이렇게 말하고는 혹시나 환자분이 노여워하지 않을까 내심 걱정스러웠다. 그러자 환자분은 콧잔등을 찡그리고 웃으며 말했다. "싫겠지~" 그렇게 환자분과 나는 마주보며 한바탕 웃었다.

앤이 자신들의 입장을 한번 상상해 보라고 했을 때 조세핀 할머니는 이렇게 답한다. "내 상상력은 조금 녹슨 것 같구나. 상상 같은 걸 해 본 지가 너무 오래된 게지. 네 입장을 들으니 내 입장만큼이나 설득력이 있구나. 모든 일이 각자의 입장에 따라 달라 보이니 말이다."

그러고 보면 "싫겠지~"라던 환자분은 상상력이 풍부하셨던 것 같다. 내가 내 입장을 말하니, 바로 내 입장을 생각하며 답하신 것을 보면 말이다. 역지사지란 상대편의 처지나 입장에서 먼저 생각해 보고 이해하라는 뜻이다. 그러려면 빨간 머리 앤처럼 상상력이 풍부해야겠다는 생각이 든다. 상상력이 풍부해지면 역지사지가 잘 되고 공감 능력 또한 상승하지 않을까? 앤과 환자분을 생각하며 내 머릿속 상상의 근육을 단련해야겠다.

# 누구의 삶도
# 완벽하지 않다

타인의 눈에 비친 우리의 모습이 전부가 아니듯,
우리의 눈에 비친 타인의 모습도 전부가 아니다.

_ 김수현, 《나는 나로 살기로 했다》 중에서

　전에 일하던 직장에는 직원 식당이 따로 있었다. 입원실이 있
었기에 영양사도 있었다. 영양사 선생님은 외모가 수려하고 옷차림
이 정갈했으며, 식사하러 오는 직원들을 늘 밝은 미소로 맞아 주
셨다. 사실 영양사 선생님은 소위 말하는 '잘나가는 집안'의 며느
리였다. 근무시간도 아주 짧았다. 돈을 벌기 위해 일한다기보다는
생활에 활력을 불어넣기 위해 일하는 것 같았다. 그러던 어느 날,
같이 일하는 동료가 시무룩해져서 내게 "선생님, 오늘 영양사 선생
님 입고 온 옷 보셨어요? 죄다 명품이에요. 치료사복을 입고 있는
제 모습이랑 비교하니 위화감까지 느껴지는 거 있죠."라고 말했다.
그 말을 들어서였을까. 바쁜 오전 근무를 마치고 식사하러 갔는
데, 다들 지쳐서 머리도 조금씩 헝클어져 있고 표정도 좋지 않아

보이는 직원들 사이에 영양사 선생님만 여유롭고 밝아 보였다. 다 같은 워킹맘인데 어쩜 이렇게 다를 수 있을까 싶어지며 조금 내 자신이 불쌍하게 느껴졌다. 그리고 선선한 바람이 불기 시작할 즈음, 영양사 선생님은 아이와 한 달간 미국에 다녀온다고 하며 자리를 비웠고, 한 달 뒤 영양사 선생님은 몰라보게 살이 빠져서 돌아왔다. 직장 동료는 "요즘은 몸매 관리도 있는 사람들이 잘해. 시간 있지 돈 있지. 못할 게 뭐 있어?"라고 내게 말했다. 그 말에 이번에는 점점 불룩해지는 내 뱃살이 보였다. 같은 공간에서 일하며 같은 한 끼를 먹는데, 누구는 명품에 미국 여행에 다이어트까지!

그렇게 계절이 바뀌고 연말 회식을 했다. 몇몇 여직원끼리 2차로 호프집에 모였는데 이런저런 이야기를 하다가, 영양사 선생님이 우리에게 깜짝 놀랄 말을 했다. 지난번에 미국에 다녀온 게 아니라 암 수술을 하고 왔다고. 직원들에게 공개적으로 말하기가 어려워서 미국 여행으로 얼버무렸다고. 그러니까 '있는' 사람이라서 미국을 한 달이나 다녀온 것도 아니었고, '있는' 사람이라서 다이어트를 한 게 아니었다. 내가 영양사 선생님의 겉으로 보이는 모습만 보고 위화감을 느낀 것은 생사를 오가는 암 투병의 한 단면이었다. 마음고생, 몸 고생으로 정말 힘든 시기를 보냈을 영양사 선생님을 두고 그런 생각을 했던 내가 진심으로 부끄러웠다.

우리는 타인의 겉모습만 보고 그것을 전부인 것처럼 짐작한다. 돈이 많은 것과 행복도가 비례하는 것이 아니라는 걸 알면서도 끊임없이 비교한다. SNS에 요약된 타인의 행복한 모습을 나와 비교하며 상대적 박탈감을 느끼기도 한다. 그러나 겉으로 보이는 모습들의 그들의 삶 전부는 아닐 것이다. 희로애락이 없는 삶은 없다. 어른들은 '사는 거 다 똑같다'라고 한다. 이제 나도 그 말이 무슨 말인지 알 것 같다. 영양사 선생님을 생각하니 김수현 작가의《나는 나로 살기로 했다》의 한 구절이 생각난다.

*우리는 겉으로 드러난 모습만 보며 타인의 삶의 무게를 짐작하지만, 타인의 눈에 비친 우리의 모습이 전부가 아니듯, 우리의 눈에 비친 타인의 모습도 전부가 아니다. 우리는 각기 다른 상처와 결핍을 가졌으며, 손상되지 않은 삶은 없다. 그렇기에 당신이 알아야 할 분명한 진실은 사실 누구의 삶도 그리 완벽하지는 않다는 것. 때론 그 사실이 위로가 될 것이다.*

# 나의 영원한 스승,
# 최복현 선생님

'메멘토 모리'와 '카르페 디엠'을 조화롭게.

_ 최복현

"닥치고 써라!" 작가가 되고 싶다는 꿈을 꾸면서도 정작 쓰지 않고 입만 살아 있던 나에게 비수가 되는 문장이었다. 누군가에게 호되게 뒤통수를 맞는 느낌이랄까. 《닥치고 써라》는 도서관 신간 코너에서 발견한 책으로, 글쓰기 왕초보인 나에게 많은 도움을 주었다. 나는 바로 최복현 선생님의 강의를 수강했다. 매주 두 시간씩 글쓰기 수업을 듣는 것은 정말 행복했다. 선생님은 시인으로 등단했고 수필가, 소설가, 번역가, 인문학자, 신화학자이기도 하다. 이렇게 대단한 분께 글쓰기를 배운 건 그야말로 행운이었다. 도통 무슨 말인지 모르겠는 시를 선생님이 해석해 주고 다시 읽었을 때의 그 감격은 아직도 잊을 수가 없다. 문학이란 얼마나 아름다운 것인가! 그런 가르침을 받고 어쭙잖은 실력으로 〈줄〉이라는 시를 한 편 쓰기도 했다.

*조이면 끊어질까 봐*

*놓으면 힘들까 봐*

*조였다, 풀었다. 풀었다, 조였다.*

*끝없이 반복하는 풀기 조이기.*

'끝없이 반복하는 풀기 조이기'는 우리의 인생을 상징적으로 표현한 것으로, 선생님의 가르침이 없었다면 절대로 쓸 수 없었을 것이다. 그러나 행복했던 글쓰기 강의는 오래가지 못했다. 강의가 폐강되었기 때문이다. 무척이나 아쉽던 차에 선생님께서 '책사랑 사람사랑'이라는 독서 모임에 참여해 보지 않겠느냐는 연락을 받았다. 한 해에 한 작가의 작품을 한 달에 한 권씩 읽고 토론하는 모임으로, 2013년 셰익스피어로 시작해 2021년 현재는 톨스토이 작품을 읽고 있다. 아이를 낳고 독서를 무척 좋아하게 되었지만, 고작 몇 편의 독후감을 끼적이는 게 다인 내가 어떻게 토론까지 할 수 있을까. 게다가 공부 꽤 하신 분들의 모임인 것 같은데. 괜히 겁이 나서 폐나 끼치지 않을까 하는 생각이 들었다. 그러나 이번 작가는 셰익스피어나 알베르 카뮈보다는 쉽게 시작할 수 있을 것 같은 파울로 코엘료의 작품을 읽는다고 하셨다. 그래서 용기를 냈다. 모임에서 다룬 첫 작품은 너무나도 유명한 《연금술사》였다. 워낙 말주변이 없는 나는, 고심 끝에 내가 할 말을 프린트해서 갔다. 그러고는 마치 수업 시간에 발표하는 학생처럼 프린트물을 읽어 내려갔다. 얼마나 가슴이 콩닥콩닥하던지. 그러자 총무님이 아주 조심스럽게 글로 써서 읽기보다는 말로 하는 연습을 하면 좋겠다고 했고, 그렇게 7년째 꾸준히 모임에 참여한 덕에 지금은 10분 정도는 족히 말을 할 수 있게 되었다.

어느 날 나는 선생님께, "선생님, 제가 중고 서점에서 선생님이 번역하신 《캉디드》를 샀어요. 그런데 이렇게 독자들이 중고 책을 사면 선생님께는 금전적으로 도움이 안 되지 않나요?"라고 물은 적이 있다. 책은 꼭 사서 봐야 한다고 교육받은 내가 정말로 궁금해서 질문한 것이다. 그러자 선생님은 "글쎄, 그렇게라도 내 글을 읽어주면 감사한 일이지."라고 답하셨다. 또한, 선생님은 "제가 왜 시를 좋아하는 줄 아세요? 돈이 안 되니까요. 그러니 부담 없이 마음껏 쓸 수 있거든요."라고 말씀하시기도 했다. 선생님은 글쓰기를 밥벌이와 연결하려는 생각을 버려야 한다고 했다. 본인은 글을 쓰는 일이 즐거운데 돈과 관련되어 쓰는 글의 양보다 돈과 관련 없는 자기 성찰을 위한 글, 뭔가 깨달았을 때 그 기쁨을 메모하는 일이 더 좋다고 하셨다. 최복현 선생님을 알면 알수록 진정 문학을 사랑하는 분이라는 걸 느낀다.

　내가 이 정도의 성장을 할 수 있었던 건 최복현 선생님의 덕이 매우 크다. 비록 완주하지는 못했지만, 8개월간 소설 쓰기 프로젝트에 참여하며 소설 작법과 문학에 대해 배울 수 있었고, 어린 시절의 결핍을 끊임없는 자기 계발로 채우려 했던 나는 배움과 문학에 대한 갈급함을 말끔히 씻어냈다. 내 인생의 멘토이시자 최고의 스승인 최복현 선생님은 지난 1월에 작고하셨다. 가족이 아닌 분이 돌아가셨는데 이렇게 가슴 아프긴 처음이다. 선생님께서 돌아가신 뒤 내가 얼마나 선생님께 의지했는지를 깨달았다. 아이러니하게도, 내가 선생님의 장례식장에 간 날은 독서 모임 날이었다. 독서 모임을 위해 시간을 비워 두었는데 그날 선생님의 장례식에 가게 될 줄 누가 알았을까. 사람의 일은 한 치 앞도 알 수 없다는 것, 사람은 유한한 존재라는 걸 뼈저리게 느낀다. 선생님은 나에게 늘 인간은 유한한 존재라는 걸 강조하셨다. 너의 죽음을 알고, 현재를 즐기라는 말을 남기신 선생님은 과거의 상처에 허우적대던 나에게 지금 여기를 살게끔 해 주셨다.

　당신의 죽음을 알고 그러셨을까. 1월에 다룬 책은 다름 아닌

톨스토이의 《이반일리치의 죽음》이었다. 그리고 '메멘토 모리와 카르페디엠을 조화롭게'라는 말로 큰 선물을 주고 가셨다.

중국의 철학자 천자잉은 철학을 공부하면서 철학의 대가들에게서 직접 가르침을 받을 기회가 없었던 것을 안타깝게 여기고 있다고 했다. 마주보며 듣는 가르침은 가슴에서 가슴으로 전해지는 법이다. 나는 늘 선생님과 마주보며 가슴에서 가슴으로 전해진 가르침을 받아왔다. 너무나도 감사하고 소중한 시간이었으며, 부족한 내가 이만큼의 사랑을 받아도 될까 싶을 정도의 큰 사랑이었다. 이제는 그 큰 사랑을 많은 사람에게 베풀며 살아가겠다.

감사했습니다. 너무나 황송했습니다.
최복현 선생님, 나의 영원한 선생님. 사랑합니다.

# '메멘토 모리'를
# 온몸으로
# 겪은 날

오늘은 내 남은 인생의 첫날이다.
_ 샌트럴 파크의 어느 벤치에 누군가가 새겨 놓은 낙서

공황장애를 이겨냈지만, 피곤하거나 커피를 너무 많이 마신 날은 교통사고 후유증 같은 증세가 있었다. 그럴 때면 까무룩 잠이 들자마자 심장이 팡 하고 튕기는 느낌이 나며 깜짝 놀라고는 한다. 공황 증세가 심했을 때는 그런 후 엄청난 속도로 심장이 뛰었다. 심장 박동에 빨라질수록 극심한 불안감이 엄습해 약을 먹지 않고는 버틸 수가 없었다. 그러나 약을 끊은 지금은 시간이 지나면 자연스럽게 괜찮아질 걸 알기에, 절대 죽거나 미치지 않을 것을 알기에 빨리 안정을 찾게 된다. 공황장애를 앓는 사람에게 커피는 독이다. 그러나 그 그윽한 향과 쌉싸름한 맛, 잠시나마 피로가 풀리는 듯한 기분을 느끼게 하는 커피를 어떻게 끊을 수 있을까.

최복현 선생님이 작고하신 지 얼마 되지 않은 날, 오랜만에 공황 증세가 나타났다. 오전에 커피를 한잔 밖에 마시지 않았는데도 나타난 증세였다. 잠든 지 두어 시간 지났을까. 갑자기 심장이 튕기며 잠에서 깼다. '아, 또 시작이구나. 시간이 지나면 괜찮아질 거야.'라고 생각하며 다시 잠을 청했다. 팡! 또 심장이 튕겼다. 팡! 팡! 팡! 도저히 잠을 잘 수가 없어 일어나 앉아 두방망이질 치는 심장이 잦아들기를 기다렸다. 그동안 끊임없이 불안한 생각들이 스쳤다.

눈앞에 호랑이가 나타나면 인간의 심장 박동은 엄청나게 빨라진다. 큰 근육으로 피를 순환시켜 빠르게 도망갈 수 있는 상태로 만들어야 하기 때문이다. 인간은 공포를 느끼는 순간에 심장과 맥박이 빨라지며, 땀이 나며 요의를 느끼기도 한다. 이러한 생존을 위한 본능적인 반응을 '투쟁 도피 반응'이라고 한다. 그런데 나는 아주 평온한 집에서, 고즈넉한 새벽에, 아무 이유 없이 이러한 증세가 나타난다. 꽤 오래전 친척 분이 퇴근길에 자신의 차 안에서 심장마비로 사망한 채 발견된 일, 지인이 화장실에서 쓰러져 30분간 방치되었다가 반신불수가 된 일, 40대의 돌연사 뉴스들… 나의 머릿속에서는 이러한 일들이 꼬리에 꼬리를 물고 이어졌다. '오늘따라 남편이 회를 먹고 싶다고 혼자서 포장을 해 먹었지. 너무 맛있다며 행복해했어. 같이 먹지 않으면 절대 혼자 사 먹지 않을 사람이 왜 그랬을까? 아까 남편이 와서 나를 왜 안아 주고 갔지? 항상 코를 골고 자는 사람이 코 고는 소리가 안 나네?' 이런 갖가지 의심들이 영화의 한 장면들처럼 떠오르기도 했다. 혹시 이 모든 게 죽기 전의 신호가 아닐까? 생각의 전개가 펼쳐지자 불안감은 식을 줄을 모르고 급격히 치솟았고, 급기야 나는 안방 문을 열고 조용히 남편이 자고 있는 소파로 다가갔다.

옆으로 누워 있는 남편이 보인다. 어두워서 자세히 보이지는 않는다. 숨소리도 들리지 않는 것 같다. 심장은 계속해서 두방망이질 친다. 남편을 깨울까 하다가 괜히 잘 자는 사람을 깨울 것 같아 망설여진다. 이렇게 불안감으로 가득한 머릿속 한구석에 겨우 자리를 지키고 있는 '이성'이라는 아이가 "깨우지 마. 잘 자고 있잖아."라고 말하는 듯하다. 나는 마음의 안정을 취하려 강아지 초코를 쓰다듬었다. 크게 효과는 없었다. 다시 자는 남편을 바라보았다. 여전히 코를 고는 소리가 안 난다. 깨울까? 살아 있는 건가? 극도의 불안감에 나는 남편의 손을 잡았다. 따뜻했다. "아~ 뭐하는 거야~" 잠이 깬 남편이 볼멘소리 했다. 그러거나 말거나 남편의 생사를 확인한 나는 안도감에 그만 눈물이 주르륵 흘렀다. "무서운 생각이 들어서 그랬어.", "어휴, 얼른 가서 자." 공황장애로 수면에 극도로 예민해진 이후로 남편은 몇 년째 소파 신세다. 남편에게 미

어느 날, 나에게 공황장애가 찾아왔습니다

안하고, 안쓰럽다. "이제 안방에서 자. 중간에 자러 들어오더라도 그냥 안방에서 자."

이날은 최복현 선생님이 늘 강조하던 '메멘토 모리'를 온몸으로 겪은 날이었다. 메멘토 모리란, '기억하다, 생각하다'라는 뜻의 메멘토(Memento)와 '죽다'라는 뜻의 모리(Mori)의 합성으로 '너의 죽음을 기억하라, 죽는다는 걸 생각하며 살라'라는 뜻의 라틴어이다. 로마 공화정 시절, 전쟁에서 승리한 장군들이 행진할 때 함께 타고 있던 노예가 장군의 귀에 대고 메멘토 모리를 속삭이는 전통이 있었다고 한다. 아무리 위대한 장군이라도 언젠간 죽어 흙으로 돌아가는 존재임을 잊지 말라는 이유였다. 교만하지 않고, 겸손하게 살라는 뜻이다.

너의 죽음을 기억하라! 우리는 모두가 언젠가 죽는다. 나도 죽고 당신도 죽는다. 나이가 많다고 먼저 가는 것도 아니고 나이가 적다고 나중에 가는 것도 아니다. 언제, 어디서, 어떻게 죽을지는 아무도 모른다. 인간은 유한한 존재다. 그러나 이를 잘 알면서도 살다 보면 잊는 게 인간이다. 언제까지라도 살 것처럼 작은 일에 매달리고, 섭섭해하고, 화를 낸다. 당장 내일 죽는다고 생각하면

이 얼마나 하찮은 일인가. 너의 죽음을 생각하라. 이를 생각하다 보면 '카르페디엠'은 자연스럽게 따라온다. 현재에 충실하라. 과거는 바꿀 수 없고, 미래는 아직 오지 않았다. 우리는 오직 지금 이 순간을 선택하고 행동할 수 있다. 미래란 지금에 충실할 때 주어지는 선물이다. 너의 죽음을 생각하며 현재에 충실하라. 선생님의 말씀을 이제는 잘 알 것 같다.

# 좋은 엄마는
# 자신을
# 사랑하는 엄마

아이가 어릴 때 비행기에서 있었던 일이다. 아이가 어려 무릎에 앉히고 안전벨트를 착용했는데, 승무원이 안전벨트를 검사하다가 심각하게 말했다. "어머님, 안전벨트 그렇게 착용하시면 안 됩니다." 나는 영문을 몰라 눈을 동그랗게 뜨고 승무원을 바라봤다. 그러자 "그렇게 착용하시면 아이는 엄마의 충격 완화 장치가 되어 버려요. 매우 위험합니다."라고 말했다. 나는 아이를 무릎에 앉힌 다음 아이와 나를 싸잡아 함께 안전벨트를 착용한 상태였다. 승무원은 어떻게 그럴 수 있냐는 투로 "어머님, 그것도 모르셨어요? 만약에 위험한 상황이 생기면 어머님이 아이를 꼭 잡아 주시면 됩니다."라고 말했다. 나는 민망함에 나에게만 안전벨트를 두르고 아이를 꼭 잡았다.

사실 안전벨트를 함께 하면 아이가 위험하다는 걸 전혀 몰랐다. 나는 그제야 비행기 좌석에 비치된 비상 상황 시 대처 요령을 꼼꼼히 읽었다. 그때 나의 눈을 사로잡는 문구가 있었다. 사고가 발생하면 기내의 기압이 떨어지는 것을 대비해 상단의 선반에서 산소마스크가 내려오는데, 어른이 먼저 착용하고 아이에게 착용해 주라는 문구였다. 약한 아이부터 보호해야 할 것 같지만 아니었다. 생각해 보니, 어른이 멀쩡해야 아이를 지켜줄 수 있을 터였다.

비행기는 보통 고도 3만 5천~4만 피트 내외에서 비행한다. 그런데 만약 이 고도에서 문제가 생기면 사람은 30초 이내에 정신을 잃으며, 압력이 떨어지는 속도가 급격하다면 10초 만에도 정신을 잃을 수 있다. 그런 급박한 상황에서 아이를 먼저 구하려다 보호자마저 정신을 잃는다면? 나뿐 아니라 아이마저 지켜 줄 수가 없다. 어른이 먼저 산소마스크를 착용한다는 게 나에게는 굉장히 상징적으로 다가왔다. 나를 사랑해야 아이도 사랑할 수 있다는 것과 같은 맥락일까.

자존감이 높은 아이, 자신을 사랑하는 아이로 키우고 싶어 부단히 노력했지만, 잘 안 되었던 이유는 내가 나를 사랑하지 않았기 때문이다. 내가 먼저 산소마스크를 쓰지 않았기 때문이다.

아이를 키우며 최종적으로 내가 깨달은 점은, 좋은 엄마는 자신을 사랑하는 엄마라는 것이다. 내가 나를 사랑해야 아이의 참모습을 볼 수 있다. 나의 결핍, 욕구, 욕망을 걷어내야 아이 자체를 볼 수 있다. 나를 사랑하지 않지만, 우리 아이만은 목숨 걸고 사랑한다고 생각하는 엄마가 있다면 이제는 아이까지 싸잡아 맨 안전벨트를 풀어야 한다. 엄마가 안전하게 안전벨트를 매고 있어야 한다. 그래야 아이가 우리들의 충격 완화 장치가 되지 않고 엄마의 제대로 된 보호를 받을 수 있다. 누구보다 나를 사랑하자. 그래야 우리 아이에게 온전한 사랑을 줄 수 있다.

부록

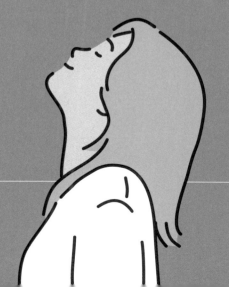

# 인생 2회차
# 아들의 명언

2021. 03. 10

오늘 아들과 윌리엄 스타이그의 그림책《치과 의사 드소토 선생님》을 다시 읽었다. 생쥐인 치과 의사 드소토가 자신을 잡아먹을지도 모르는 여우의 이빨을 치료하며 지혜를 발휘하는 이야기이다. 책을 읽은 아들이 물었다. "드소토 선생님은 왜 여우를 치료해주었을까? 나라면 안 그랬을 텐데." 그러고는 혼자 곰곰이 생각하던 아이가 이런 명언을 남겼다.

■ 착하고 지혜로운 사람은 남을 도우면서 자신도 지킬 수 있다. 착하기만 하고 멍청한 사람은 남을 돕다가 당하고만 산다.

2021. 02. 09

■ 힘들다는 것은 몸이 못 따라가는 것이고, 어렵다는 것은 머리가 못 따라가는 것이다.

2020. 11. 29

■ 사람들은 모두가 배우는 중이야. 모든 걸 알고 있는 사람은 없으니까.

2020. 11. 11

오늘 뜬금없이 아들이 물었다. "엄마 용기가 있는 것과 겁이 없는 건 무슨 차이일까?", "음. 글쎄. 어렵네. 너는 어떻게 생각하는데?" 아들이 곰곰이 생각하더니 이렇게 멋진 정의를 내렸다.

■ 용기가 있다는 건 두려움을 이겨 내고 나아가는 거고, 겁이 없다는 건 단순한 호기심에 나아가는 거야.

2018. 05. 01

■ 사람들이 자신을 믿어 주지 않는다면, 자신이 무엇을 하였는지 되돌아보아라.

2018. 03. 15

■ 남자 선생님은 몇 가지 규칙들만 잘 지키면 혼내지 않는다. 그러나 여자 선생님은 간섭을 한다.

# 인생 2회차 나의 이야기

2019. 01. 22

### 어차피 잊어버릴 거 왜 배우는 거야?

아들이 물었다. "엄마, 어차피 나중에 잊어버릴 거 왜 배우는 거야?" 아마도 아들과 수학 문제를 풀다가, 내가 '잊어버렸다, 기억이 안 난다'라고 말한 일과 EBS에서 한 출연자가 초등학교 문제를 못 푸는 걸 보고 한 질문인 듯했다. 내가 "네가 기억을 못하더라도, 배운 건 무의식에 쌓이는 거야. 그게 나중에 네가 살아가는 데에 지혜로 쓰이는 거야."라고 답하자, 아이는 "음. 조언 감사."라고 하며 쿨하게 넘겼다. 내가 그간 책을 읽지 않았더라면 이런 답변은 해 주지 못했을 것이다. 우리가 무언가를 배웠다고 해서 그것을 영원히 기억하는 건 아니다. 여행도 마찬가지다. 특히, 아주 어린아이를 데리고 여행을 가면 사람들은 어차피 기억하지도 못할 거 왜 데리고 가느냐고 한다. 이에 오소희 여행 작가는 《하쿠나 마타타, 우리 같이 춤출래?》를 통해 이렇게 말했다.

중요한 것은 기억이 아니라 태도예요. 자신을 열어야 할 순간에 열어 버리는 것, 그래 보는 것, 그럼으로써 열 줄 아는 사람이 되는 것, 그것이 중요하지요. 오늘 머문 이곳에 있던 아름다운 성곽 따위는 잊어도 좋아요. 그러나 오늘 열어 본 경험은 '태도'가 되어 퇴적층처럼 정직하게 쌓일 겁니다. 그 태도는 아이가 살아가면서 '지금 이것이 삶이다'라고 느끼는 순간, 질질 끌지 않고, 미뤄 두지 않고, 자신을 통째로 던져 '확 살아 버릴' 줄 알게 하겠죠. 그러한 경험 없이 성인이 되면, 반쯤 죽은 듯 살게 됩니다. 일상의 노예가 되지요. 저는 생명으로 자식을 이 세상에 데려왔으니, 살아 있음을 느낄 수 있도록 도와주는 게 부모의 할일이라고 생각합니다.

우리가 무엇을 배우든, 어떤 경험을 하든 그 모든 건 우리에게 쌓인다. 헛된 건 없다.

## 2016. 01. 21
### 아이들은 관찰력마저 순수하다

오늘 아침, 아들이 시멘트 바닥에 금이 간 것을 가리키며 뭐라고 했다. 나는 '코끼리'라는 말만 겨우 알아듣고 짐작해 말했다. "아~ 코끼리가 밟고 지나간 자리라고?", "아니, 어린 왕자 있잖아요. 코끼리 잡아먹은 보아뱀!" 어라? 옆에서 보니 정말 어린 왕자 속 보아뱀이 보였다. 나는 낡은 시멘트 바닥으로만 보였는데, 이토록 아이는 관찰력마저 순수하다. 정말 이런 건 아이 눈에만 보이나 보다.

### 2014. 12. 24
### 햄의 별명은 뭘까?

오늘 아침 늦게 일어나는 바람에 아이에게 달랑 밥에 김을 싸서 주었다. 그래도 맛있게 먹는 아들에게 그저 고맙다. 아들이 밥을 더 달라고 한다. "우진아, 너 김 별명이 뭔 줄 알아?" 김에도 별명이 있다니 호기심 어린 눈빛으로 아들이 물어본다. "뭔데요?", "밥도둑! 김에 밥을 싸 먹으면 먹어도 먹어도 또 먹고 싶어지거든. 밥을 자꾸 훔쳐가니까 그런 별명이 지어졌대.", "엄마, 그럼 햄 별명은 뭔 줄 알아요?" 햄 별명? 아들이 생각하는 햄 별명이 뭐지? 무지 맞추고 싶다. "음. 밥 귀신?", "땡!"

내가 못 맞추자 굉장히 좋아한다. 아들이 싱글벙글 웃으며 답을 알려 준다. "정답은 케첩 도둑!" 아하하하! 그렇네, 케첩 도둑. 우리 집은 늘 햄을 케첩에 찍어 먹는다. 오늘 아침도 아들 덕분에 웃으며 시작했다.